古典詩歌研究彙刊

第二四輯

龔鵬程 主編

第 8 冊

董士錫生平及其詞學研究

陳米德 著

國家圖書館出版品預行編目資料

董士錫生平及其詞學研究／陳米德 著 — 初版 — 新北市：花
木蘭文化事業有限公司，2018〔民 107〕
目 2+164 面；17×24 公分
（古典詩歌研究彙刊 第二四輯；第 8 冊）
ISBN 978-986-485-445-5（精裝）
1.（清）董士錫 2. 傳記 3. 清代詞 4. 詞論
820.91   107011319

ISBN-978-986-485-445-5

9 789864 854455

古典詩歌研究彙刊
第二四輯　第八冊
ISBN：978-986-485-445-5

董士錫生平及其詞學研究

作　　者　陳米德
主　　編　龔鵬程
總 編 輯　杜潔祥
副總編輯　楊嘉樂
編　　輯　許郁翎、王筑　美術編輯　陳逸婷
出　　版　花木蘭文化事業有限公司
發 行 人　高小娟
聯絡地址　235 新北市中和區中安街七二號十三樓
　　　　　電話：02-2923-1455／傳眞：02-2923-1452
網　　址　http://www.huamulan.tw 信箱 hml 810518@gmail.com
印　　刷　普羅文化出版廣告事業
初　　版　2018 年 9 月
全書字數　112294 字
定　　價　第二四輯共 9 冊（精裝）新台幣 15,000 元

董士錫生平及其詞學研究

陳米德　著

作者簡介

陳米德，1990 年 3 月 14 日生，雙魚座，血型 B，國立中央大學中文碩士，興趣廣泛，熱愛閱讀、旅遊、看劇、看摔角、練 Capoeira、重訓，專長是放空發呆，有著雙魚的天馬行空和天眞爛漫，另一方面又常常反思人生的現實面。
喜愛文化交流，目前在越南工作，品味在他鄉生活的韻味。

提　　要

　　董士錫（1782 年～ 1831 年）爲嘉、道年間常州詞派的重要人物，其於嘉慶元年（1796 年）到嘉慶三年（1798 年）之間至安徽歙縣向張惠言問學，除了師徒關係，董士錫同時也爲張惠言的外甥、女婿；另外，董士錫於嘉慶九年（1804 年）認識周濟，兩人對詞學有諸多討論，影響了周濟的詞學觀。董士錫終生未仕，客遊四方，和包世臣、阮元、焦循、陸繼輅、吳德旋等皆有往來，曾於嘉慶二十二年（1817 年）代李兆洛續修《懷遠縣志》，以及於道光元年（1821 年）應南河總督黎世埕之邀，修《續行水金鑑》。歷來對董士錫的詞學評價，多認爲是介於張惠言與周濟之間的過渡，事實上董士錫於詞學之道多有不同於張惠言的見解，而其獨具的詞學觀啓迪了周濟，奠定日後周濟詞學成就的根基，實具有重要的影響。本文首先探討前人研究較爲不足的董士錫生平、家世，了解其詞學觀形成的背景，接著討論董士錫的詞論和張惠言、周濟詞論的異同，以及探討董士錫之子董毅《續詞選》、周濟《詞辨》，了解董士錫對於兩部詞選可能的影響，最後綜合上述的研究成果，重新評價董士錫的詞學地位。

目次

第一章　緒　論

第一節　研究動機與目的

　　詞歷經宋代的繁榮，以及元代、明代的衰頹，至清代再度興盛，為「清詞中興」之況。龍沐勛《近三百年名家詞選・後記》：「明、清異代之際，江山文藻，不無故國之思……迨朱、陳二氏出，衍蘇、辛、姜、張之墜緒，而分道揚鑣。康、乾之間，海內詞壇，幾全為二家所籠罩。」〔註1〕清代詞學自明末雲間詞派導其端，在康、乾之際，陽羨詞派和浙西詞派分流競騁，陳維崧及朱彝尊以各自殊異的詞學主張與創作領袖詞壇，影響甚巨。此外，清初詞派紛呈，除了陽羨詞派和浙西詞派，尚有西泠詞派、柳州詞派、廣陵詞人群體和毗陵詞人群體等，除了繼承雲間詞派的部分觀點，彼此又有各自的開拓，為清代詞學理論的發展奠定厚實的基礎。時至嘉慶年間，張惠言和張琦兄弟編選《詞選》，為常州詞派樹立了經典，之後經周濟的發揚，常州詞派成了清代影響最為深遠的流派之一，從道光年間以至民國初年，詞人多有吸收、借鑑常州詞派理論之處。

〔註1〕龍沐勛：《近三百年名家詞選》（上海：上海古籍出版社，1962 年），頁 225。

　　吳宏一〈常州派詞學研究〉:「本來詞是被目爲小道的,以爲它專供抒情之用、酬唱之需,因此適合於歌筵命筆、酒座分題,適合於天涯悵遠、客館傷離,卻不能登上大雅之堂。這種觀念,正合乎清廷及時代的需要。蓋當時文網大張,非此無以自保,所以浙派冶音鍊字的主張,風靡了大江南北。可是乾嘉以後,變亂紛乘,社會也隨之而動盪不安,民生流離,苦不堪言,讀者固然沒有閒情去欣賞字雕句琢、宴安逸樂的作品,作者也沒有刻紅鏤翠的功夫和歌功頌德的心情,於是常州派應運而生了。」〔註2〕常州詞派論詞重寄託,相較於浙西詞派末流的琢字鍊句,更契合時代脈動,因而興盛。然而,詞重寄託的主張並非首見,如朱彝尊〈紅鹽詞序〉:「詞雖小技,昔之通儒巨公往往爲之。蓋有詩所難言者,委曲倚之於聲,雖辭愈微,而其旨益遠。善言詞者假閨房兒女之言,通之於《離騷》變雅之義,此尤不得志於時者所宜寄情焉耳」〔註3〕,這樣的論述,包含了寄託、尊體之意,也提到「不得志於時者」可藉此抒發,與常州詞派的主張多有相合,但在日趨承平的社會環境,及清廷高壓文字獄的脅迫下,浙西詞派趨向於形式上發展,末流多餖飣瑣屑、浮華空泛之作,無法與時代風潮接軌;另一方面,常州詞派歷經張惠言、周濟、譚獻等人充實理論,主張明確,且不論在詞的理論或創作皆和當時內憂外患的社會背景相應,影響深遠。

　　歷來對常州詞派的研究,多集中於張惠言、周濟、譚獻、晚清四家等的研究,尤其對張惠言開宗立派、周濟的的傳承發揚著墨甚多,但有關董士錫的研究尚不多見。董士錫(1782～1831年),字晉卿,江蘇武進人,嘉慶十八年副貢生。幼時受祖母教誨,讀諸經史,悉能通解。家境清貧,一生漂泊不定,客游公卿之間,南河總督黎世墭知

〔註2〕　吳宏一:〈常州派詞學研究〉,《清代詞學四論》(台北:聯經出版社,1990),頁90～91。

〔註3〕　【清】朱彝尊:〈紅鹽詞序〉,《曝書亭集》(台北:世界書局,1964年),頁487～488。

其才，聘董士錫修《續行水金鑑》。嘉慶二年左右，曾向張惠言問學，惠言以文學著名於世，董士錫承其指授，於虞仲翔《易》義最深。董士錫詩、詞、賦俱工，而古文尤精妙〔註4〕。

　　董士錫在常州詞派裡具有重要地位，一方面其為張惠言的弟子，約於嘉慶二年向張惠言學習，一方面為張惠言的外甥、女婿，與張惠言關係密不可分；另外，周濟身為常州詞派的集大成者，受董士錫影響甚多。周濟〈詞辨序〉曰：「晉卿為詞，師其舅氏張皋文、翰風兄弟。二張輯詞選而序之，以為詞者，意內而言外，變風騷人之遺。其敘文旨深詞約，淵乎登古作者之堂，而進退之矣。晉卿雖師二張，所作實出其上。」〔註5〕對董士錫極為推崇，又〈存審軒詞自序〉曰：「詞之為技小矣，然考之於昔，南北分宗，徵之於今，江浙別派，是亦有故焉。吾郡自皋文、子居兩先生開闢榛莽，以《國風》、《離騷》之旨趣，鑄溫、韋、周、秦之面目，一時作者競出，晉卿集其成。余與晉卿議論或合或否，要其指歸，各有正鵠，倘亦知人論世者所取資也，既刻詩，乃并平時所為詞刻之，兩先生往矣，聊以質之晉卿焉。」〔註6〕上述兩段論述，提到張惠言、張琦上承《詩經》、《楚辭》，以「意內言外」為論詞宗旨，董士錫師二張，且和周濟討論詞學，從張惠言到周濟之間，董士錫的影響值得注意。目前學界多將董士錫視為張惠言到周濟之間的一個過渡，缺少較為詳細的探討，此外，由於資料的欠缺，董士錫的生平、家世等背景較少人著墨。筆者以為，透過對董士錫生平的探討，有助於了解其詞學的形成背景，以及釐清其和張惠言、周濟之間的關係；而董士錫與張惠言、周濟在詞學上的關聯性，以及在常州詞派裡的定位、對常州詞派的影響等，仍有不少研究空

〔註4〕　王鍾翰點校：《清史列傳》（北京：中華書局，1987年），冊十八，頁5967。

〔註5〕　【清】周濟：《詞辨》，《續修四庫全書》（上海：上海古籍出版社，1995年），冊1732，頁576。

〔註6〕　【清】周濟：《存審軒詞》，《續修四庫全書》（上海：上海古籍出版社，1995年），冊1726，頁1。

間，因此，本文首要探討董士錫的生平，並輔以傳播學的內容，以圖表呈現詞學觀，希望藉由這次碩士論文的機會，試著給予董士錫較爲明確的評價。

第二節　歷來研究回顧

綜觀歷來對董士錫的評論，可發現論者已注意到董士錫在常州詞派裡的影響，如譚獻《復堂詞話》：

> 茗柯《詞選》出，倚聲之學日趨正鵠。張氏甥董晉卿，造微踵美。止庵切磋于晉卿，而持論益精。〔註7〕

徐珂《近詞叢話》：

> 其以惠言之甥而傳其學者，則武進董士錫也。荊溪周濟，友於士錫，嘗謂詞非寄託不入，專寄託不出，其所立論，實足推明張氏之說而廣大之。所著《味雋齋詞》及《止齋詞》，堪與惠言之《茗柯詞》，把臂入林。蓋自濟而後，常州詞派之基礎，益以鞏固。〔註8〕

龍沐勛〈論常州詞派〉：

> 張氏詞學之傳，得董氏父子，轉益發揚光大。周止庵氏，受詞法於晉卿，而持論益精，乃復恢張疆宇，而常州詞派遂愈爲世所崇尚。〔註9〕

葉嘉瑩〈常州詞派比興寄托之說的新檢討〉

> 張氏更傳其學於其甥同邑之董士錫，董氏又傳其學於其子董毅，及另一常州人荊溪之周濟。董毅編有《續詞選》，而於詞論則並無申述。至於周濟則編著有《介存齋論詞雜著》、《詞辨》及《宋四家詞選》等書。於是，常州派詞論

〔註7〕 【清】譚獻：《復堂詞話》，《詞話叢編》（台北：新文豐出版社，1988年），冊4，頁4009。

〔註8〕 【清】徐珂：《近詞叢話》，《詞話叢編》（台北：新文豐出版社，1988年），冊5，頁4223。

〔註9〕 龍榆生：《龍榆生詞學論文集》（上海：上海古籍出版社，2009年），頁425。

　　得周濟之推闡，乃益得以修正補充而發揚光大。〔註10〕

上述的評語，歸結出張惠言→董士錫→周濟、董毅的傳承路徑，從周濟的《詞辨》、《介存齋論詞雜著》、《宋四家詞選》，及董毅的《續詞選》中，可看出董士錫對於兩者的詞學影響力，是一條值得探討的線性脈絡。

　　近人研究中，對董士錫雖不乏專章探討，但篇幅不長。就筆者檢索，碩士論文仍付之闕如，期刊論文方面，大陸有清風〈傳薪積火，承先啟後──董士錫對常州詞派的傳承作用〉〔註11〕、曹虹〈賦史奇才董士錫的文學成就〉〔註12〕，前者闡釋董士錫在常州詞派裡的角色定位；後者注意到董士錫繼承張惠言的經學成就，以及其善於結合《易》與賦學，另外也提到其與陽湖文派的關聯。台灣有陳慷玲〈常州詞派建構之樞紐──論董士錫之詞學活動〉〔註13〕，以張惠言、周濟、董毅爲主軸，討論董士錫和另二人的互動及影響。

　　專書方面，雖然有提到董士錫的書籍不多，但有一定篇幅的探討，如嚴迪昌《清詞史》〔註14〕、孫克強《清代詞學》〔註15〕、徐楓《嘉道年間的常州詞派》〔註16〕、朱惠國《中國近世詞學思想研究》〔註17〕、朱德慈《常州詞派通論》〔註18〕、黃志浩《常州詞派研究》

〔註10〕葉嘉瑩：〈常州詞派比興寄托之說的新檢討〉，葉嘉瑩：《清詞論叢》（北京：北京大學出版發行，2008 年），頁 162。

〔註11〕清風：〈傳薪積火，承先啟後──董士錫對常州詞派的傳承作用〉（《浙江大學學報》第 29 卷第 4 期，1999 年 8 月），頁 158～160。

〔註12〕曹虹：〈賦史奇才董士錫的文學成就〉（《南通大學學報》第 26 卷第 3 期，2010 年 5 月），頁 80～85。

〔註13〕陳慷玲：〈常州詞派建構之樞紐──論董士錫之詞學活動〉（《成大中文學報》第 31 期，2010 年 12 月），頁 135～158。

〔註14〕嚴迪昌：《清詞史》（南京：江蘇古籍出版社，2001 年）。

〔註15〕孫克強：《清代詞學》（北京：中國社會科學出版社，2004 年）。

〔註16〕徐楓：《嘉道年間的常州詞派》（台北：雲龍出版社，2002 年）。

〔註17〕朱惠國：《中國近世詞學思想研究》（上海：上海古籍出版社，2005 年）。

〔註18〕朱德慈：《常州詞派通論》（北京：中華書局，2006 年）。

〔註19〕、陳慷玲《清代世變與常州詞派之發展》〔註20〕等。整體來說，常州詞派從嘉慶二年（1797年）張惠言、張琦兄弟編纂《詞選》，到周濟的發揚光大、奠定厚實的根基，董士錫居中傳承，功不可沒，一方面其為張惠言的外甥、女婿，古文、詩、詞、賦、經學皆有所承繼；另一方面，與周濟論詞，對彼此詞學觀的演進皆有所助益，其重要性可見一斑。

　　以下針對前人的研究略作概說。嚴迪昌《清詞史》，以近一頁的篇幅敘述董士錫的成就，其特點在於對董士錫詞作的評價：

> 《齊物論齋詞》情致淒郁濃洌，是「寒士」之詞的佼佼典型。其詞造語秀俊，清而不浮，結構細密，凝煉而不逼塞，確是才情兼佳。只是氣度較窄，境界不能開闊。〔註21〕

以「寒士」之詞形容董士錫詞頗能突顯其特色，但篇幅不長，未能對董士錫的成就有較為深刻的解說。孫克強《清代詞學》，其小標目「董士錫：張、周詞統的關鍵」，概括董士錫的定位，其引述周濟〈詞辨序〉，歸納出兩點論述：

> 第一，周濟頗有建立「二張（張惠言、張琦）──董晉卿──周濟」這樣一個師承詞統的意圖。……第二，在對待周邦彥的態度上，周濟由「不喜」到「篤好」，在董士錫的影響下產生了重要的變化。〔註22〕

周濟論詞主張「問途碧山，歷夢窗、稼軒以還清真之渾化」，對於周邦彥由「不喜」到「篤好」，董士錫起了一定的作用。

　　徐楓《嘉道年間的常州詞派》，對於董士錫的生平、詞作、詞論皆有論述，在〈董士錫的詞學研究〉章節裡，認為張惠言實際上關注詞學的時間不多，常州詞派的發揚，有賴後繼者的努力，其中，董士

〔註19〕黃志浩：《常州詞派研究》（北京：中國社會科學出版社，2008年）。
〔註20〕陳慷玲：《清代世變與常州詞派之發展》（台北：國家出版社，2012年）。
〔註21〕嚴迪昌：《清詞史》（南京：江蘇古籍出版社，2001年），頁496～497。
〔註22〕孫克強：《清代詞學》（北京：中國社會科學出版社，2004年），頁255～257。

錫的成就多被研究者忽視，接著提到董士錫對於常州詞派的貢獻，主要有二，一是整理編錄《茗柯文四編》，對於張惠言的研究助益匪淺；二是啓悟了周濟和董毅。另外，在〈董士錫對常州詞派的繼承與修正〉裡，將董士錫的詞論，分爲三個層面：論詞注重心理功能、創作注重審美價值、標舉詞家以清雅爲高，層次井然，論述清晰。值得一提的是，稍早的大陸期刊論文，清風〈傳薪積火，承前啓後──董士錫對常州詞派的傳承作用〉，刊登於 1999 年 8 月的《浙江大學學報》第 29 卷第 4 期，內容上幾乎和徐楓《嘉道年間的常州詞派》裡的〈董士錫的詞學研究〉一樣，只有些微的字句更動，清風可能是徐楓的筆名。

　　朱惠國《中國近世詞學思想研究》，則是將董士錫的詞學思想分爲「重情」、「比興」、「主清」，並將主清分爲四點：清而有物、清而有致、清而有變、清而能雄。朱德慈《常州詞派通論》，約略點出董士錫「以無厚入有間」及「論詞以情爲主」的觀點，主要集中於董士錫詞作的探討。

　　黃志浩《常州詞派研究》，提到生平經歷對董士錫創作心態的影響：

> （張琦、董士錫）當他們漂泊四方的身世使其創作心態發生了很大變化的時候，那種發生在張惠言身上強烈的入世心態和科舉情節也都不可避免地因時而有所改變。〔註23〕

此段論述突顯社會背景的因素使得董士錫及張琦的創作心態異於張惠言；另外，其提出「常州派」文學思想不廢六朝，爲董士錫「主情說」的立論基礎之一，值得深入探討。詞論的部分，黃志浩則分爲「主情論」和「主清論」，此外，對於詞作也有探討。

　　陳慷玲《清代世變與常州詞派之發展》和期刊論文〈常州詞派建構之樞紐──論董士錫之詞學活動〉，以師長、友朋、兒子的角度，探討董士錫在常州詞派裡的影響，顧及到董士錫的交遊，同時也注意

〔註23〕黃志浩：《常州詞派研究》（北京：中國社會科學出版社，2008 年），頁 127。

到董毅《續詞選》對於張惠言《詞選》的修正與補充。綜上所述，董士錫上承張惠言、下啓周濟，多爲學界所論；對於詞論，近來研究也有涉及；詞作的研究相對較爲欠缺。

綜上所述，前人研究多根據董士錫與張惠言的師承關係，以及與周濟的往來，認爲董士錫在常州詞派裡的作用爲「承上啓下」，爲張惠言到周濟之間的一個聯結，然而由於視董士錫爲常州詞派重要人物張惠言、周濟之間的過渡，往往忽視董士錫本身詞學思想的自主性；另外，對董士錫與張惠言、周濟的互動，並未有詳細的論述，有關董士錫的生平探討也較爲簡略。

第三節　研究章節安排

前人們雖多注意到張惠言→董士錫→周濟、董毅的詞統傳承，但往往視爲常州詞派發展的一個過渡，未有詳細篇幅論證董士錫在常州詞派居中傳承功能的形成和意義，僅以概括性的敘述簡略帶過。近人研究中，主要注意到董士錫於嘉慶二年（1797 年）至歙縣向張惠言、張琦兄弟問學的經歷，以及根據周濟〈詞辨序〉、〈存審軒詞自序〉建構出傳承的脈絡，但整體而言，這條線性結構略顯扁平。以張惠言而言，其對詞的態度並非專力爲之，《詞選》也僅只是用以當歙縣金氏子弟的教材，且張惠言在詞選問世的五年後（1802 年）即逝世，和董士錫的接觸時間不長；另一方面，根據董士錫〈張氏易說後敘〉，我們更可以看到董士錫對於張惠言在易學方面的直接傳承，除了易學，董士錫於賦、古文等方面的造詣，或許比詞學方面受到張惠言的影響更爲深刻。以周濟而言，董士錫給予其相當的啓發，但除了〈詞辨序〉、〈存審軒詞自序〉的敘述以外，董士錫對於周濟甚至常州詞派後學有怎樣的影響，是筆者意欲探討的問題。

除了上述的線性脈絡，董士錫與當時常州詞人的交流，以及董士錫在其他學術上的表現，皆值得參考，筆者以爲，董士錫對於張惠言

詞學思想的繼承與開拓，以及下啓周濟、董毅，將這條軸線置於嘉慶、道光年間的時代環境審視，輔以董士錫的人際網絡互動，以及董士錫的其他學術表現和詞學成就的共通性，將能建構出更爲完整的董士錫詞學思想研究，以下敘述筆者的篇章安排：

第一章，分爲研究動機與目的、歷來研究回顧、及研究章節安排三節，敘述論文的研究方向、範圍與目的。

第二章，分爲生平、家世源流、家庭交遊三節。董士錫的生平資料少，筆者根據《清史列傳》、《清代毗陵名人小傳稿》、《江蘇光緒武進陽湖縣志》、《江蘇藝文志》，以及董士錫〈祖妣錢孺人行略〉、吳德旋〈晉卿董君傳〉等，論述董士錫的生平，但僅此資料仍不足，因此筆者根據董士錫《齊物論齋詞》所收詞作的創作時間，以及董士錫《齊物論齋文集》的文章，拼湊出董士錫生平的細節，最後將生平表格化，且附上詞作編年；家世源流方面，筆者根據中研院傅斯年圖書館所藏《宜興胥井、武進前街董氏合修家乘》微縮膠卷，和董士錫〈家譜敘〉，釐清董士錫的家世源流；第三節探討董士錫的祖母、父親和同門友人江承之。

第三章，分爲常州詞派奠基者——張惠言的詞學思想、常州詞派開展者——董士錫的詞學思想、常州詞派發揚者——周濟的詞學思想三節，分別敘述張惠言、董士錫、周濟的詞論，輔以傳播學——拉斯維爾的 5W 公式，將三人的詞論圖表化，另外，著重於三人在歷史上的互動，藉由詞論和三人之間的往來記錄，探討董士錫與兩者間的關係究竟爲何，是否僅止於「承上啓下」的評價，或是別有出入。

第四章，分爲董毅《續詞選》的選詞意識、周濟《詞辨》的選詞意識兩節，藉由兩部詞選的探討，統計兩部詞選所選的詞人、詞作，從中分析，試著找出董士錫對其子董毅《續詞選》和周濟《詞辨》的影響。

第五章爲結論，針對上述的研究成果，做一個總和性的闡釋，試著給予董士錫研究更爲成熟的論述。

第二章　董士錫的生平、家世源流、家庭交遊

第一節　生　平

　　《清史列傳》:「董士錫（1782～1831年），字晉卿，江蘇武進人。副貢生。幼就外傅，讀諸經史，悉能通解。家貧，客游公卿間，南河總督黎世墀知其才，聘修《續行水金鑑》。少從其舅氏張惠言遊，惠言以文學伏一世，士錫承其指授，於虞仲翔《易》義最深。詩、詞、賦俱工，而古文尤精妙。」〔註1〕對董士錫生平做了簡要的概括，董士錫為江蘇武進人，生於乾隆四十七年（1782年），卒於道光十一年（1831年），年五十。有關其童年的記述，可見於其為祖母所寫的〈祖妣錢孺人行略〉:

　　　　士錫生兩歲，太孺人襄襄之，戲指桃符字使識，時不能言，
　　　　以目視之，三歲口授杜甫〈秋興〉詩八首，成誦，四、五
　　　　歲則受以《孝經》千文，六歲就傅，辰入塾，申出，出必
　　　　于太孺人前盡呈一日之課，必無所失，乃以所課，書日幾
　　　　何，能否中程，太孺人命之，皆如其資，暇則為講說史傳

〔註1〕　王鍾翰點校:《清史列傳》（北京:中華書局，1987年），冊十八，頁
　　　　5967。

—11—

名臣賢士之言行指趣，十二、三歲學屬文，則訓以宜自得師，慎取友，勤修飭，坐臥行立，勿有惰容，更衣履、整臥具，勿許，輒委婢僕，曰：「勞不可習也。」言動輕妄必譴訶，甚者，怒且不食，諸母姑姊環請不得，則皆倉皇交責士錫，引自數長跪謝不敢，乃解平時閨門之內無譁囂聲，後士錫讀《漢書・萬石君傳》，有感以白太孺人：「往者得無類此。」太孺人唱：「然。」曰：「是吾心也。」乃曰：「吾曩時教汝父、叔父、季父皆如是也。」士錫季十六，太孺人命負笈從舅氏遊，士錫惡離黎下，裴回不決，太孺人怒之曰：「吾方幸汝得師，汝學不學在今日，乃作兒女子態耶。」學二季歸，張孺人謂：「士錫，自汝既行，祖母常慘悽悲懷，雖善排遣不言，然吾私檢衾枕，閒時有淚漬也，烏虖痛哉。」

〔註2〕

董士錫與祖母錢純情感深厚，幼時聰慧，兩歲開始識字，三歲即能口誦杜甫〈秋興〉詩八首，四、五歲學習《孝經》，六歲就傅，學習結束後必向祖母呈一日之所學，十二、三歲學習文章，祖母以「自得師，慎取友，勤修飭，坐臥行立，勿有惰容」訓示，若董士錫言行不合矩，「必譴訶，甚者，怒且不食，諸母姑姊環請不得，則皆倉皇交責士錫，引自數長跪謝不敢」，顯示其祖母嚴毅的個性。十六歲時，祖母命士錫至安徽歙縣從其舅氏張惠言、張琦兄弟學習，士錫猶豫不決，經祖母訓斥後乃行，兩年後歸。

據《清代毗陵名人小傳稿》載：

士錫字晉卿，一字損甫，武進人，嘉慶十八年副貢。年十六，從舅氏張惠言遊，承其指授，爲古文、賦、詩、詞皆精妙，而所授虞仲翔易義尤精。家貧，非客遊無以爲養，道光辛巳士錫房師靄化蘇君觀察，淮揚招士錫於幕，蘇猝染時疫，病甚，士錫侍疾謹，或告鄉試期迫，盍舍去，士錫曰，吾受吾師知遇之恩，未能一日報，今吾師疾病，吾

〔註2〕 【清】董士錫：《齊物論齋文集》，《續修四庫全書》（上海：上海古籍出版社，1995年），冊1507，頁328～329。

遽舍之，而行非特無以酬吾師，且重負吾師也，卒不應試，
留侍疾，閱數月，蘇乃愈。南河總督黎襄勤公，素知士錫
才，及是賢其所爲，聘請修《續行水金鑑》，因草例數十條
以上，襄勤嘆服，輯三載未成而襄勤卒，事中輟矣，其後
河督張公、副河督潘公至，仍延士錫纂脩，而卒成之。士
錫自中歲，左肘患瘤，治罔效，其後瘤敗而卒。好治陰陽
五行家言，殫心者數十載，發揮古義，錯綜變化，歸於自
然，實絕學也，嘗曰世之言奇門六壬相墓者，皆各自爲學，
吾獨求其源於易以貫之，然求之愈深，聞者且駭，恐世之
卒莫予知也。〔註3〕

嘉慶二年（1797 年），董士錫十六歲時，至安徽歙縣向張惠言問學，
承其指授古文、賦、詩、詞，而易學、古文的造詣尤深。其一生未當
官，家境清貧。道光元年（1821 年），董士錫因所從幕府長官蘇某患
重疾，而放棄該年的鄉試機會，隨侍在側，以報答知遇之恩，由此可
看出董士錫的忠誠個性，另外，在《清稗類鈔》中也有類似的記述〔註
4〕。南河總督黎世墀賞識董士錫的才幹，聘其編纂《續行水金鑑》，
書未成而黎世墀先卒，之後的河督張公、副河督潘公仍然聘請董士錫
纂脩，最終得以完成。董士錫卒於左肘的瘤疾，享年五十。

另外，據《江蘇光緒武進陽湖縣志》載：

董士錫，字晉卿，武進副貢生，從惠言受《易》虞氏義，
著〈易象賦〉，通陰陽五行家言。〔註5〕

〔註3〕 張維驤纂：《清代毗陵名人小傳稿》（台北：文海出版社，1974 年），
卷六，頁 17～18。

〔註4〕 「武進董士錫，字晉卿。副貢生，歷主通州紫琅書院、揚州廣陵書
院、泰州書院講席。道光辛巳，其房師霑化蘇某觀察淮揚，招之入
幕。蘇猝染時疫，病甚，侍疾惟謹。或告以鄉試期迫，盍舍去，則
作色曰：『吾受師知遇之恩，未能一日報，今師疾病，遽舍之而行，
是重負師也。』卒不應試。侍疾閱數月，蘇亦愈。」見【清】徐珂：
《清稗類鈔》（北京：中華書局，1986 年），冊六，頁 2737。

〔註5〕 【清】董似穀修：《江蘇光緒武進陽湖縣志》（台北：學生書局，1968
年），冊六，頁 2301。

以及《江蘇藝文志》：

> 字晉卿，一字損甫。清武進人。達章子。嘉慶十八年（1813）
> 副貢，候選直隸州州判。幼從大母受《孝經》章句，及就
> 外傅讀諸經史，悉能通解。年16，從舅父張惠言學，工于
> 詞，于虞翻《易》義尤精。家貧，客游養生，曾館張敦仁，
> 阮元等處。又歷主南通紫琅書院、揚州廣陵書院、泰州書
> 院講席。古文辭賦詩詞皆精。殫心于陰陽五行家之言數十
> 載，自謂所得甚深。與陸繼輅交最深，時人亦並稱之，然
> 觀其文辭，實不逮繼輅。〔註6〕

上述提到董士錫受張惠言影響，於《易》學上的造詣，以及曾歷主多
間書院的講席，也提到其精於古文辭賦詩詞、陰陽五行家之言。關於
董士錫中年的漂泊生涯，吳德旋〈晉卿董君傳〉有較詳細的記載：

> 君家貧，非客游無以爲養，歷主張太守古餘、阮尙書芸臺、
> 方太守茶山、唐通守柘田、洪觀察石農、鄔觀察錫滈，皆
> 名公卿也。又歷主講通州紫琅書院、揚州廣陵書院、泰州
> 書院，所至士皆慕而親之，嘗客安徽，爲六安晁梅生、盧
> 義山修其族譜。時同里孫于氶知懷遠縣，李申耆爲修縣志
> 未成而以事去，延君續修焉。〔註7〕

張太守爲張敦仁（1754年～1834年），字仲篙，號古餘；阮尙書爲阮
元（1764年～1849年），字伯元，號芸臺；方太守爲方體，字道坤，
號茶山，皆當時名公卿。由此可一瞥董士錫的人際關係。

　　除了上述引用的文獻，董士錫的生平資料較爲欠缺，僅能從一些
資料中拼湊出片段。嘉慶元年，董士錫於里中作〈菩薩蠻〉六首，詞
牌下註明儗溫飛卿。嘉慶二年，董士錫至歙縣向張惠言兄弟問學，在
徽州作〈河傳〉「簾」、〈南浦〉「秋燕同金朗甫作」，除了與金朗甫（金
式玉，字朗甫）相交，同時也與江承之（字安甫）相友善，三人皆爲

〔註6〕 南京師範大學古文獻整理研究所編著：《江蘇藝文志》（南京：江蘇
　　　　人民出版社，1994年），常州卷，頁638。
〔註7〕 【清】吳德旋：〈晉卿董君傳〉，《清朝碑傳全集》（台北：大化出版
　　　　社，1984年），頁2921。

張惠言弟子。嘉慶三年，張惠言離開安徽歙縣至京師，董士錫返鄉，於里中作〈破陣子〉「落日層雲半擁」、〈水龍吟〉「送春」、〈蝶戀花〉「蝶」，之後又至徽州，作〈六州歌頭〉「秋荷」，返鄉途經杭州，作〈木蘭花慢〉「武林歸舟中作」，有學者認為此首〈木蘭花慢〉為董士錫想念新婚妻子而作的戀情詞〔註8〕。嘉慶四年（1799年）至嘉慶五年（1800年），董士錫於里中作〈賀新郎〉「喜梅花開賦」、〈長亭怨慢〉「感逝有作」等，另外，金式玉於嘉慶五年作〈知己賦〉贈董士錫〔註9〕，顯示兩人的交情；另外，董士錫的同門兼好友江承之，卒於嘉慶五年，董士錫對此多有作品以紀念其人。嘉慶六年，董士錫作〈高陽臺〉「舟行淮陰道中作」，至京師，作〈鶯啼序〉「為劉芙初賦事」等。

　　嘉慶七年，張惠言卒，董士錫於兩年內相繼失去師長張惠言及好友江承之，於此年有不少感逝之作。另外，此年也是董士錫與安徽學者包世臣始相識之時，據包世臣〈自編小倦游閣文集三十卷總目序〉提到：

> 嘉慶庚申秋試，識陽湖張君翰風于號舍。……識翰風後兩年，又識其甥武進董君晉卿。晉卿甫弱冠，工為賦及古文。覽其賦閎廓幽窈，古文亦渾深有作者之意，雖沿用桐城方望溪、劉才甫之法，而氣力遒健能自拔。〔註10〕

以及〈齊物論齋文集序〉：

> 賦則自南朝不競，逸響莫綴。予心儀前哲，私訝絕業。及見晉卿作，深幸德之有鄰，益嘆其秀出不可到。繼又讀其古文，說經有家法，情深文明，取勢琢詞，密而不褊，委婉而遠于姚冶，依八家成法，而健舉能自拔。晉卿時年始二十有一，予反覆洛誦，爽然自失。〔註11〕

〔註8〕　朱德慈：《常州詞派通論》（北京：中華書局，2006年），頁131。
〔註9〕　金式玉：《竹鄰遺稿》，《叢書集成續編》（台北：新文豐出版社，1989年），冊209，頁180。
〔註10〕　【清】包世臣：《包世臣全集》（安徽：黃山書社，1994年），頁269。
〔註11〕　【清】包世臣：《包世臣全集》（安徽：黃山書社，1994年），頁334。

以及作於嘉慶八年的〈答董晉卿書〉：

> 晉卿足下：承示賦冊，深辱推許，俾加點定，發而讀之，〈白
> 雲〉、〈易消息〉兩首，張、蔡不爾過也，〈愁霖〉、〈杏華〉、
> 〈紅蕙〉三首，亦文通、子山之亞。斯藝久絕，舊觀頓還，
> 欣喜之情，非可言喻。〔註12〕

包世臣對董士錫的賦、古文極為推崇，評其賦為「閎廓幽窈」、「張、
蔡不爾過也」、「文通、子山之亞」，以張衡、蔡邕、江淹、庾信比肩；
評其古文為「渾深有作者之意」、「說經有家法，情深文明，取勢琢詞，
密而不褊，委婉而遠于姚冶」、「沿用桐城方望溪、劉才甫之法，而气
力遒健能自拔」、「依八家成法，而健舉能自拔」，認為晉卿的古文能
自出機杼，縱使以古文八家、方苞、劉大櫆為楷模，仍健舉能自拔。

　　包世臣（1775 年～1855 年）為清代知名文學家、書法家，據《清
史稿校註》：

> 包世臣，字慎伯，涇縣人。少工詞章，有經濟大略，喜言兵。
> 嘉慶十三年舉人。大挑，以知縣發江西。一權新喻，被劾去。
> 復隨明亮征川、楚，發奇謀不見用，遂歸，卜居金陵。世臣
> 精悍有口辯，以布衣邀遊公卿間。東南大吏，每遇兵、荒、
> 河、漕、鹽諸鉅政，無不屈節諮詢，世臣亦慷慨言之。……
> 世臣能為大言。其論書法尤精，行草隸書，皆為世所珍貴。
> 著有《小倦遊閣文集》，別編為《安吳四種》。〔註13〕

包世臣的經世思想多為研究者關注，在嘉慶、道光年間的經世思潮
中，包世臣扮演著重要的角色，一方面，其與常州文人交往甚密，除
了董士錫，和張惠言、惲敬（1757 年～1817 年）、李兆洛（1769 年
～1841 年）、丁履恒（1770 年～1832 年）、陸繼輅（1772 年～1834
年）、劉逢祿（1776 年～1829 年）、周濟等皆有來往〔註14〕，此外，

〔註12〕【清】包世臣：《包世臣全集》（安徽：黃山書社，1994 年），頁 257。
〔註13〕清史稿校註審查委員會：《清史稿校註》（台北：國史館，1990 年），
　　　　冊十四，頁 11206。
〔註14〕徐立望：〈時移勢變：論包世臣與常州士人的交往及經世思想的嬗變〉
　　　　（《安徽史學》，2005 年 05 期），頁 40。

將常州學派的經世思想傳遞給龔自珍、魏源等，進而導致鴉片戰爭前後經世思潮的盛行〔註15〕，具有一定的影響力；他在河工、漕運、鹽政、幣制等層面多有闡述，對於社會問題的關切和研究頗為突出。

探求包世臣的文學思想也可以看出其注重經世致用的特點，以及不局限於傳統的思考。〈與楊季子論文書〉提到：

> 竊謂自唐氏有為古文之學，上者好言道，其次則言法，說者曰：「言道者，言之有物者也，言法者，言之有序者也。」然道附于事而統于禮，子思嘆聖道之大曰：「禮儀三百，威儀三千。」孟子明王道，而所言「要于不緩民事，以養以教。」至養民之制，教民之法，則亦無不本于禮。其離事與禮，而虛言道以張其軍者，自退之始。而子厚和之，至明允、永叔，乃用力于推究世事，而子瞻尤為達者，然門面言道之語，滌除未盡，以致近世治古文者，一若非言道則無以自尊其文，是非世臣所敢知也。〔註16〕

包世臣認為文學之「道」附于事而統于禮，但到了韓愈卻「離事與禮，而虛言道以張其軍」，只是門面言道之語，這樣的「道統」、「文統」未能契合政治、社會等層面的實際需求，僅為文章的矯飾，是不被包世臣所認同的。包世臣對於明代唐宋派以來的擬古之風頗有批評，對於韓愈也有其異於前人的見解：

> 至于退之諸文，序為差劣，本供酬酢，情文無自，是以別尋端緒，仿于策士諷喻之遺，偶著新奇，旋成惡札，而論者不察，推為功宗。其有尋繹前人名作，摘其微疵，抑揚生議，以尊己見，所謂蠹生于木而反食其木。又或尋常小文，強推大義。二者之蔽，下曾尤多。夫事無大小，苟能明其始卒，究其義類，皆足以成至文，固不必悉本忠孝，攸關家國也。凡是陋習，染人為易，而熙甫、順甫，乃欲

〔註15〕焦娜娜：〈包世臣與晚清今文經學經世思潮的傳承〉（《西昌學院學報》，2013 年 04 期），頁 60。

〔註16〕【清】包世臣：《包世臣全集》（安徽：黃山書社，1994 年），頁 261〜262。

指以爲法，豈不謬哉！〔註17〕

包世臣對於韓愈標新立異及強推大義之處不以爲然，並認爲「事無大小，苟能明其始卒，究其義類，皆足以成至文，固不必悉本忠孝，攸關家國」，使得文學較能契合時勢而非空談道理，而後人如歸有光、茅坤習焉而不察，爲包世臣所病。但包世臣並非否定唐宋八家，而是對於拘泥不化的文風提出反省，其對於秦漢、六朝的文章頗爲欣賞，對於唐宋八家和當時的文人也能評其優劣、有褒有貶〔註18〕，其文學觀較爲兼容，這與當時的社會環境，以及陽湖派文人的主張，可相互借鑑。

嘉慶八年，董士錫和同伴黃古愚遊常熟虞山，作〈金縷曲〉：

極目層峰際，倦登臨，崔巍傑閣，飲酣同倚，灑遍神州多情淚，又到此山山底，卻不道，英雄如是，曲曲長川如帶在，奈人生半作東流水，況又是，斜陽裏。

與君拂拭空同氣，擬相逢，曉霞初上，浮雲四霽，滄海未應愁日暮，管取蛟龍不起，但試引，玉杯須醉，秋草已肥邊馬壯，爲將軍且說封侯事，名山業，吾能理。〔註19〕

此闋詞和其餘作品的風格不同，較爲豪放，昂揚明朗，似有隱含詞者抱負之意。嘉慶九年，董士錫客遊揚州，作〈疏影〉「題劉簡田故山紅樹圖」，此年的詞作多爲題贈友人圖畫，如〈南浦〉「題錢獻之歸漁圖」、〈水龍吟〉「題黃心菴來禽館塡詞圖」、〈鳳簫吟〉「題樂蓮裳繡鳳圖」，同時也有贈別之作，如分別用〈霜天曉角〉和〈菩薩蠻〉作的「湖上送別」。另外，此年也是周濟和董士錫相交之時，兩人年齡相

〔註17〕 【清】包世臣：《包世臣全集》（安徽：黃山書社，1994 年），頁 262。

〔註18〕 「夫六朝雖尚文采，然其健者，則緩急疾徐，縱送激射，同符史漢，貌離神合，精彩奪人。至于秦漢之文，莫不洞達貽宕，劌目怵心。……退之酷嗜子云，碑版或至不可讀，而書說健舉渾厚，宜爲宗匠。子厚勁屬無前，然時有摹擬之跡，氣傷縝密。永叔奏議怳恒明暢，得大臣之體，翰札紆徐易直，眞有德之言，而序記則爲庸調。」同前註，頁 265。

〔註19〕 【清】董士錫：《齊物論齋詞》，《續修四庫全書》（上海：上海古籍出版社，1995 年），冊 1726，頁 29～30。

當，學詞時間相近，往後對於詞有許多切磋琢磨。周濟〈詞辨序〉：

> 余年十六學爲詞，甲子始識武進董晉卿，晉卿年少於余，
> 而其詞纏綿往復，窮高極深，異乎平時所仿效，心向慕不
> 能已。〔註20〕

周濟生於 1781 年，較董士錫年長，學詞時間約也在嘉慶初年，正值
董士錫問學於張惠言、張琦之時，兩人對詞的討論啓迪周濟不少，之
後奠定常州詞派的理論走向。另外，據包世臣作於道光二十三年的〈晉
略序〉提到：

> 保緒穎慧絕人，遷善不倦。嘉慶甲子，年甫弱冠，訪余于
> 白門，一見之頃，問難竟日。歸則取詩文舊稿盈尺者付之
> 火，持爐見示，以請極言，勇決精進，宜其所就能至此也。
>
> 〔註21〕

周濟在嘉慶九年與董士錫、包世臣皆有往來，而包世臣分別於嘉慶五
年、嘉慶七年結交張琦、董士錫，彼此的關係密切。

　　嘉慶十年，董士錫先後至杭州、蘇州，除了與周濟繼續研討詞學，
尚有許多唱和之作，如〈長亭怨慢〉「新竹」、〈疏影〉「風竹」、〈南浦〉
「晴竹」、〈高陽臺〉「雨竹」，上述四闋詞亦可見於周濟《存審軒詞》。
嘉慶十一年，董士錫爲周濟詞集作序，〈周保緒詞敘〉：

> 人己情之所發，跌蕩往反，固所不能自以者也。周子保緒
> 工于爲詞，隱其志意，尚于比興，以寄其不欲明言之悁，
> 故依喻深至，溫良可風。丙寅歲，都爲三卷，屬予敘之。
> 夫予之言詞，烏足已盡保緒哉。〔註22〕

〈周保緒詞敘〉爲探討董士錫詞學主張的重要資料，兩人對於詞學的
交流已漸漸形成具體的理論。董士錫於此年返里，作〈江城子〉，後
於立秋之時至九江，作〈相見歡〉等詞作。嘉慶十二年，董士錫於九
江結識廖雪鷺，〈廖雪鷺詩敘〉提到：

〔註20〕【清】周濟：《詞辨》，《續修四庫全書》（上海：上海古籍出版社，
　　　　1995 年），冊 1732，頁 576。
〔註21〕【清】包世臣：《包世臣全集》（安徽：黃山書社，1994 年），頁 290。
〔註22〕同註2，頁 310。

十二季正月，余客九江，郡守方君讌客于琵琶亭，相與賦
詩，凡三十六人，德化廖君之作爲其冠，余時與君始相識。
君爲詩學陶淵明，恢而衍之，其佳者似元結柔厚之旨俳然。
先一季，方君嘗以君詩示余，余既盡讀之，彌欲交其人矣，
然自余既識君後，往還亦未數數，而方君署守饒州，余亦
將去，爲日月淺。〔註23〕

廖雪鷺詩學陶淵明，爲董士錫所欣賞，另外，其急朋友之難的個性也
爲董士錫所敬重〔註24〕。

　　嘉慶十三年，董士錫作〈百字令〉「題阮梅叔珠湖漁隱圖」，另外，
清代通儒焦循的《雕菰集》中也有作〈題阮梅叔亨珠湖漁隱圖〉詩及
文〔註25〕，以及〈奉和董晉卿湖上對月詩〉〔註26〕，兩人有所往來。
嘉慶十四年，董士錫至歸德，作〈金縷曲〉「雪霽夜寒挑鐙感賦」；嘉
慶十五年，董士錫至京師，作〈金縷曲〉「題天女散花圖」；嘉慶十六
年，董士錫至武陟，作〈摸魚兒〉「題袁蘭邨倉山月話圖」；嘉慶十七
年，董士錫因事至洛陽〔註27〕。

〔註23〕 【清】董士錫：《齊物論齋文集》，《續修四庫全書》（上海：上海古
　　　　籍出版社，1995 年），冊 1507，頁 308。

〔註24〕 〈廖雪鷺詩敘〉：「余既識君後，往還亦未數數，而方君署守饒州，
　　　　余亦將去，爲日月淺，更一再見，贈別以詩相酬答，而以余瀕行，
　　　　而余季父適自平樂歸，病過九江益篤甚，遂卒，時方君以調去郡，
　　　　余子然無援，幸禍者相與迫之，將不容于逆旅，哀痛纏心，手足莫
　　　　措，君以聞之，率戚友來唁，引以自任，經贊既勞頃險，遂平喪事
　　　　以具。夫人當顚沛死生之際，必有至不能堪之形，見之而惻然者，
　　　　固用情之常，君詩人懷衷愷悌急朋友之難，亦豈必以余，故獨余以
　　　　奔走衣食復困危患瀕死，而所遇以濟，且得之于君，斯豈人事計量
　　　　可得而及。余固心折君詩，既悉其爲人，信君之澤于詩教深矣，而
　　　　益以得交君自幸也。」董士錫受到廖雪鷺的資助，且對其詩及爲人
　　　　頗爲欣賞。同上註。

〔註25〕 【清】焦循：《雕菰集》，《續修四庫全書》（上海：上海古籍出版社，
　　　　1995 年），冊 1489，頁 137。

〔註26〕 【清】焦循：《雕菰集》，《續修四庫全書》（上海：上海古籍出版社，
　　　　1995 年），冊 1489，頁 135。

〔註27〕 〈商父癸尊贊并序〉：「嘉慶十七季八月，余以事之洛陽。」見【清】
　　　　董士錫：《齊物論齋文集》，《續修四庫全書》（上海：上海古籍出版

　　嘉慶十八年，董士錫中副榜貢生〔註28〕，此外，董士錫於此年在居所與朋友聚會，甚為歡樂，〈槐寺飲秋圖記〉：

　　余所寓正陽門外西南萬佛寺，四面不數十武皆市廛，而門前巷僻以小，不通車轍，門內老槐數章，陰覆廣庭，初秋溽暑，仰視油然光景，在地涼碧如水，則惟予友嘗步過焉。嘉慶十八季七月，有飲酒其下者凡十人，既而談執縱橫，相視怡說，留連竟日而不忍去，此境為之邪，人為之邪，咸以為茲遊極歡，不可弗識，于是余君伯維屬汪君浣雲為圖以紀之，命之曰槐寺飲秋，識其地，識其事，識其時，示勿忘也。夫此十人者，居不必同所，遊不必同方，而一旦胥集，于是亦適然事耳，而相與低回弗實焉，以成斯圖，其可念也，以余遂為之記。〔註29〕

嘉慶十八年七月，董士錫與友人十人在寓所槐樹下飲酒作樂，留連竟日，賓主盡歡，因此以圖和記將這場宴會記錄下來，以「識其地，識其事，識其時，示勿忘也」，在董士錫漂泊的人生歷程中，終其一生未仕，客遊四方，較少有這類的文章以表達歡欣之意。另一方面，董士錫父親董達章卒於此年十一月一日，年六十一歲〔註30〕。

　　嘉慶十九年十一月，董士錫作〈祖妣錢孺人行略〉，為研究其家世不可或缺的資料。另外，作於嘉慶十九年或嘉慶二十年的詞作〈憶舊遊〉「題清風驛壁，入都作」及〈臨江仙〉「題富莊驛壁用壁閒元韻，出都作」，顯示其在這兩年中曾至京師。嘉慶二十一年，董士錫至南昌，作〈更漏子〉「題仕女圖」，以及作〈代阮巡撫南昌府學碑記〉，追溯自西晉以來一間學院的歷史沿革，時阮元任江西巡撫〔註31〕：

　　　　社，1995 年），冊 1507，頁 338。
〔註28〕〈祖妣錢孺人行略〉：「士錫嘉慶癸酉副榜貢生。」見【清】董士錫：《齊物論齋文集》，《續修四庫全書》（上海：上海古籍出版社，1995年），冊 1507，頁 329。
〔註29〕同上註，頁 315～316。
〔註30〕見【清】包世臣：〈董定園墓銘〉，《包世臣全集》（安徽：黃山書社，1994 年），頁 526。
〔註31〕嘉慶十九年三月，漕運總督阮元調江西巡撫，嘉慶二十一年閏六月，

今欽賜檢討奉新羅允叔也，嘉慶二十一季，元巡撫江西適
觀其成，蓋七百餘季之舊制于是而復焉，允叔請記之，爰
葡書建置始末，勒石以告後人，並令爲圖于碑，坿書捐輸
姓名銀數于後，俾可稽攷。〔註32〕

嘉慶二十二年，董士錫至濟寧，作〈惜紅衣〉「吳伶何桂畫秋海棠」
等，此外，董士錫於此年續修《懷遠縣志》，〈懷遠縣志敘錄〉提
到：

嘉慶二十三季，知縣事孫讓重修《懷遠縣志》……讓以嘉
慶十九季夏來司是邦甫任事，即索觀舊志，既知其得失，
欲重輯之，蓋定例六十季一修，今輟修且九十季矣，知府
事建水倪公，垂意方志，嘗以命讓，讓因與教諭孫君起嶸
言之，而當河決後，淮流派，溢縣境，無歲不大水，勘災
振饑，簿書旁午狞狞靡暇者數季，至二十二季春，乃克與
縣中賢士大夫籌之，幸無不踴躍，樂觀其成者，而前庶常
知鳳臺縣事武進李君兆洛適來主講縣之眞儒書院，因質以
編纂事。李君令鳳臺時，作鳳臺志，以精覈見偁，而鳳臺
爲壽州分縣，于治爲簡，志懷遠事宜詳于鳳臺者數倍，爰
共商搉，本其體例，恢而廣之，條貫略定，纂輯過半矣。
其冬，李君以事去，代者爲明經武進董君士錫，復與董君
續加蒐討，至二十三季七月書成，因乎舊志者十之八，刪
其緐蕪不當者十之二，增于其舊者三倍，遂以就正于倪公，
刊諸木焉。〔註33〕

調河南巡撫，時新撫未到，仍留江西，七月，自江西赴河南新任，
八月十七日，到開封府上任，十一月十三日，擢湖廣總督，十二月，
入覲。見清史稿校註審查委員會：《清史稿校註》（台北：國史館，
1990 年），冊十二，頁 9692；王鍾翰點校：《清史列傳》（北京：中
華書局，1987 年），冊九，頁 2826；郭明道：《阮元評傳》（北京：
社會科學文獻出版社，2005 年），頁 442～443。

〔註32〕【清】董士錫：《齊物論齋文集》，《續修四庫全書》（上海：上海古
籍出版社，1995 年），冊 1507，頁 318。

〔註33〕【清】董士錫：《齊物論齋文集》，《續修四庫全書》（上海：上海古
籍出版社，1995 年），冊 1507，頁 303～304。

同樣的敘述亦可見於吳德旋〈晉卿董君傳〉：

> 嘗客安徽，爲六安晁梅生、盧義山修其族譜。時同里孫于
> 丕知懷遠縣，李申耆爲修縣志未成而以事去，延君續修焉。
> 〔註34〕

根據上述我們可知嘉慶二十二年董士錫應是先至山東濟寧，再至安徽六安，爲晁梅生、盧義山修族譜，最後至安徽懷遠縣，約於冬季之時，代替李兆洛續修《懷遠縣志》。吳宏一先生《常州派詞學研究》附錄〈常州派詞家年表初編〉，於嘉慶十六年處提到：「董士錫至武陟（安徽六安）爲晁梅生盧義山修族譜。」從董士錫的詞作〈摸魚兒〉「題袁蘭邨倉山月話圖，辛未，武陟作」可得知嘉慶十六年，董士錫去過武陟，但武陟在河南，此處誤把河南武陟和安徽六安視爲同地；且吳德旋〈晉卿董君傳〉提到修族譜和修《懷遠縣志》同時，故爲六安晁梅生、盧義山修族譜應於嘉慶二十二年，非嘉慶十六年。懷遠縣知縣孫讓於嘉慶十九年夏任職此地，因爲舊志的不足及水患的問題，欲重修縣志，適逢李兆洛主講縣之眞儒書院，委以修之，約自嘉慶二十二年春開始編纂，直到李兆洛因事離去，由董士錫接手，至嘉慶二十三年七月書成。

值得一提的是，李兆洛《養一齋文集》裡有〈懷遠縣志序錄〉，內容幾乎和董士錫《齊物論齋文集》裡的〈懷遠縣志敘錄〉一樣，以下爲兩者的不同：

	李兆洛〈懷遠縣志序錄〉	董士錫〈懷遠縣志敘錄〉
文中年份的寫法	年	季
標題下方	標題下多了「代採訪山作」	無
文章開頭	懷遠之志	**嘉慶二十三季知縣事孫讓重修懷遠縣志成敘曰懷遠之志**

〔註34〕【清】吳德旋：〈晉卿董君傳〉，《清朝碑傳全集》（台北：大化出版社，1984年），頁2921。

文章第一段	明萬曆三十三年,知縣王存敬屬邑人副使孫秉陽重修之,而萬曆以前無可考,楊應聘序稱孫前作癸未志至是而再屬筆焉,舊志亦云,秉陽纂修邑志 至乙巳復加刪潤成書,蓋癸未至乙巳經再訂而始刊板也。	明萬曆三十三季,知縣王存敬屬邑人副使孫秉陽重修之,而萬曆以前無可考,楊應聘敘俌孫前作癸未志至是而再屬筆焉,舊志亦云,**萬曆癸未秉陽纂修邑志至己巳(當作乙巳,萬曆三十三季也,存敬以三十季任,三十七季去,中無己巳)**復加刪潤成書,蓋癸未至乙己二十三季經再訂而始刊版也。

內容大致相同,難以判斷誰作這篇文章,筆者以爲可能爲董士錫作,除了文章內容較李兆洛多了些細節,文中提到:「李君令鳳臺時,作鳳臺志,以精覈見俌(稱)」,若爲李兆洛所作,應不會對自己有褒揚之詞。另外,有關懷遠縣知縣孫讓的生平,可參考李兆洛〈孫君仿山墓誌銘〉〔註35〕。

嘉慶二十三年,董士錫至京師,作〈望海潮〉「送春」;嘉慶二十四年,董士錫至開封,作〈疏影〉「月戲拈東坡三部樂首句作起」,後至孟縣,作〈更漏子〉「題畫」,最後至京師,作〈摸魚兒〉「秋萍」;嘉慶二十五年,董士錫至安慶,作〈三姝媚〉「感興寄方彥聞」,方彥聞〔註36〕爲江蘇陽湖人,與常州文人有所往來,陸繼輅〈冶秋館詞序〉提到:

〔註35〕 【清】李兆洛:《養一齋文集》,《續修四庫全書》(上海:上海古籍出版社,1995 年),冊 1495,頁 192。

〔註36〕 「方履籛,字彥聞,一字尤民,陽湖人,嘉慶二十三年舉人,大挑一等分發福建以知縣用,幼穎異,七歲讀書百行一二過輒成誦,四十二卒於官,於學無所不究」,方履籛對於閩地風俗的導正多有建樹,見【清】董似穀修,湯成烈等纂:《江蘇光緒武進陽湖縣志》(台北:學生書局,1968 年),冊六,頁 2411~2412,及張維驤纂:《清代毗陵名人小傳稿》(台北:文海出版社,1974 年),卷六,頁 25~26;另外,包世臣〈贈方彥聞序〉:「毗陵方君彥聞,有志于用世之道,爲吾友晉卿所推」,顯示彼此的往來,見【清】包世臣:《包世臣全集》(安徽:黃山書社,1994 年),頁 317~319。

而同時又有皋文之弟宛鄰及左杏莊、惲子居、錢季重、李
申耆、丁若士、家劭文相與引伸張氏之說，於是盡發溫庭
筠、韋莊、王沂孫、張炎之覆，而金元以來俚詞、淫詞、
叫囂蕩佚之習一洗空之，吾鄉之詞始彬彬盛矣，自是二十
餘年，周伯恬、魏曾容、蔣小松、董晉卿、周保緒、趙樹
珊、錢申甫、楊劭起、董子譔、董方立、管樹荃、方彥聞
又十數軰，皆溺苦爲之，其指益深遠，而言亦益文，駸駸
乎駕張氏而上，而倡之者則張氏一人之力也。〔註37〕

常州詞派重「意」的思想，由張惠言導其端，經由上述諸人的羽翼，
成果漸爲突顯，其中包含了方彥聞，陸繼輅另有〈與方少尹書〉〔註
38〕，和方彥聞交情匪淺。

　　道光元年，董士錫照顧長官蘇某，《清代毗陵名人小傳稿》提到：

道光辛巳士錫房師靈化蘇君觀察，淮揚招士錫於幕，蘇猝
染時疫，病甚，士錫侍疾謹，或告鄉試期迫，盍舍去，士
錫曰，吾受吾師知遇之恩，未能一日報，今吾師疾病，吾
遽舍之，而行非特無以酬吾師，且重負吾師也，卒不應試，
留侍疾，閱數月，蘇乃愈。〔註39〕

董士錫因所從幕府長官患病，隨侍照顧，而放棄鄉試機會。同年，董
士錫應南河總督黎世塽之邀，修《續行水金鑑》，吳德旋〈晉卿董君
傳〉提到：

南河總督黎襄勤公，素知君才及是賢君之爲，聘請修《續
行水金鑑》，《行水金鑑》作於雍正間傅澤洪，歷考河道，
古今沿革，興廢成敗之由，爲河務薈萃之書，而於黃淮運
三河爲獨備，歲久未輯，君以爲前作詳於考古略於徵今，
續之者，宜詳於徵今而略於考古，如永定河之工程，今增

〔註37〕【清】陸繼輅：《崇百藥齋續集》，《續修四庫全書》（上海：上海古
　　　　籍出版社，1995年），冊1497，頁80。
〔註38〕【清】陸繼輅：《崇百藥齋續集》，《續修四庫全書》（上海：上海古
　　　　籍出版社，1995年），冊1496，頁683。
〔註39〕張維驤纂：《清代毗陵名人小傳稿》（台北：文海出版社，1974年），
　　　　卷六，頁17～18。

於古幾十倍矣，而前書未詳，尤宜備載，因草例十數條以
上，襄勤公歎服，君輯是書三載，書未成而襄勤公卒，事
中輟矣，其後河督張公副河督潘公至，仍延君纂修而卒成
之。〔註40〕

另外，《清代毗陵名人小傳稿》記載亦同：

南河總督黎襄勤公，素知士錫才，及是賢其所為，聘請修
《續行水金鑑》，因草例數十條以上，襄勤嘆服，輯三載未
成而襄勤卒，事中輟矣，其後河督張公、副河督潘公至，
仍延士錫纂脩，而卒成之。〔註41〕

《行水金鑑》作於雍正年間，作者為傅澤洪，〈續行水金鑑‧潘序〉
提到：

續行水金鑑者，續傅稺君之書，竟黎襄勤未竟之業也，稺
君之書，鉅細兼賅，體用悉備，而於黃淮運載之尤詳，蓋
昔之治河袪其害，今且資為濟運之利，而全局樞機則在淮
黃交匯，誠使河能順軌東趨，淮亦會流下注，斯漕運無阻
滯之虞，一治無不治矣。〔註42〕

董士錫認為《行水金鑑》詳於考古而略於徵今，因此續之者應詳於徵
今而略於考古，所作得到黎世墇〔註43〕的認可，但黎世墇卒於道光四

〔註40〕【清】吳德旋：〈晉卿董君傳〉，《清朝碑傳全集》（台北：大化出版
社，1984 年），頁 2921。

〔註41〕張維驤纂：《清代毗陵名人小傳稿》（台北：文海出版社，1974 年），
卷六，頁 17～18。

〔註42〕【清】黎世墇：《續行水金鑑》（台北：台灣商務，1968 年），頁 1。

〔註43〕「黎世序，初名承惠，字湛溪，河南羅山人。嘉慶元年進士，授江
西星子知縣，調南昌。擢江蘇鎮江知府。十六年，遷淮海道。與河
督陳鳳翔爭堵倪家灘漫口，由是知名。十七年，調淮陽道。尋鳳翔
黜，詔加世序三品頂戴，署南河河道總督，俟三年後果稱職，始實
授……道光元年，入覲，宣宗嘉其勞勩，加太子少保，開復一切處
分，賜詩以寵之。二年，京察，復予議敘。四年，卒於官，優詔褒
恤，加尚書銜，贈太子太保，諡襄勤，入祀賢良祠。江南請祀名宦
建專祠，帝追念前勞，御製詩一章，命勒石於墓。賜其子學淳，主
事；學淵，舉人；學澄，副榜貢生。」見清史稿校註審查委員會：《清
史稿校註》（台北：國史館，1990 年），冊十二，頁 9660～9662。

年，書尚未完成，之後的河督張井、副河督潘錫恩仍延請董士錫纂修，
纂修數年，書完而付之刊印時已至道光十二年，據〈續行水金鑑・張
序〉：

> 《續行水金鑑》一書經始於黎襄勤，爲之多年不克成，道
> 光丙戌，吾友潘芸閣宗丞，以學士觀察淮揚，旋奉副總河
> 之命，始躬督其事，汰冗食，核程課，凡三年而後規模大
> 定，及君以憂歸里，復爲郵致其書，多所增刪，逾年而後
> 粗完，可繕寫，校勘數過，又逾年付剞劂氏，至壬辰十月
> 而後蕆事，蓋成書之難如此，書迄於嘉慶庚辰，距今十餘
> 年矣。〔註44〕

道光六年，潘錫恩奉命督導《續行水金鑑》的纂修，三年後書大致完
成，之後經增刪、校勘、付印，已至道光十二年，時董士錫已歿，書
之編纂始於嘉慶二十五年，至道光十二年，前後共花約十三年，實爲
不易。

　　道光四年，董士錫至南河（江蘇省淮安市），作〈代張河帥重建
清河縣文廟碑〉，其文曰：

> 清河爲縣，始于宋咸淳間，蓋宋時黃河南北兩行，廣平府
> 屬之，清河縣與此同爲大河所經，故亦曰南清河，今河盡
> 南行，而清河界在河塈，康熙間，城齧于河南，遷于清口，
> 又妨于淮運之行，乾隆二十六季，割山陽縣之清江浦改屬
> 清河而治，亦徙焉，經理之始，規制多缺，而先師廟之建，
> 特就明主事邵經濟，所葺之崇景堂，增置廡舍，因改爲廟，
> 而簡陋在所不免矣，道光二季，吾師前督河黎襄勤公見而
> 慼之，因紳士丁如玉等之請餉，河庫道福兆署，淮海道沈
> 惇彝，淮揚道沈學廉議準重建，需費較繁，而紳士河員，
> 無不踴躍，趨事爰命裏河同知張棟司其役，經始道光三季
> 九月至四季七月而告成，輪奐之美，殿廡肅如，洵盛事也，
> 余以二月來督南河，樂觀厥成，嘉尚無以，遂因司事者之

〔註44〕【清】黎世埅：《續行水金鑑》（台北：台灣商務，1968 年），頁 1。

請，而爲之記系之。〔註45〕

清河縣在清代屬於江蘇省淮安府，乾隆二十六年，清河縣縣城毀於洪水，因此將原屬於山陽縣的清江浦劃爲清河縣的新縣治，黎世埅於嘉慶十七年任江南河道總督（南河總督），此職務的行政中心在清江浦，據《淮安府志》載「清江浦鎮」：

> 城西北三十里，漢淮陰縣地，明平江伯開運河，自故沙河西北至鴨陳口出，與淮通，建閘設壩此地，遂成重鎮。國朝河院又移駐於此，舟車鱗集，冠蓋喧闐，兩河市肆，櫛比數十里不絕，北負大河，南臨運道，淮南扼塞以此爲最。〔註46〕

由於地理位置的優越，以及如南河總督等重要職務進駐此地，使得此地的商業日益繁盛，然「經理之始，規制多缺，而先師廟之建，特就明主事邵經濟，所葺之崇景堂，增置廡舍，因改爲廟，而簡陋在所不免矣」，道光二年，黎世埅和地方仕紳及官員議準重建清河縣文廟，自道光三年九月至四年七月而告成，「輪奐之美，殿廡肅如，洵盛事也」，董士錫於道光四年二月督南河，七月清河縣文廟告成，因司事者之請而記之。

道光八年，常州經學家莊綬甲刻所著《易》若干卷示董士錫，〈莊氏易說敘〉提到：

> 莊先生存與以侍郎官于朝，未嘗以經學自鳴盛成書，又不刊板行世，世是以無聞焉，嘉慶間其彌甥劉逢祿作公羊釋例，精密無耦，以爲其源自先生，道光八季，其孫綬甲刻所著易說若干卷成以示余，余再三讀之，蓋先生深于春秋，深于天官歷律五行之學，夫深于周禮則綜覈名物不猒其詳，深于春秋，則比事屬辭不猒其密，深于天官歷律五行之學，則徵引斷制不猒其博，故其爲說以孟氏六日七分爲

〔註45〕 【清】董士錫：《齊物論齋文集》，《續修四庫全書》（上海：上海古籍出版社，1995 年），冊 1507，頁 317。

〔註46〕 【清】衛哲治等修：《淮安府志》，《續修四庫全書》（上海：上海古籍出版社，1995 年），冊 699，頁 479。

經，而以司馬遷班固天官地理歷律各書志爲緯，其爲文辯
而精，醇而肆，恉遠而義近，舉大而不遺小，能言諸儒所
不能言，不知者以爲乾隆間經學之別流，而知者以爲乾隆
間經學之巨匯也。〔註47〕

清代今文經學復興，闡發「微言大義」、「通經致用」的春秋公羊學於
嘉慶、道光年間蔚爲興盛，莊存與爲常州學派《易》學研究的先驅，
但由於「未嘗以經學自鳴盛成書，又不刊板行世」，未受當時矚目，
直到其外孫劉逢祿、姪外孫宋翔鳳，孫子莊綏甲等人的推闡，常州學
派始蓬勃發展。而張惠言與莊氏家族關係密切，據賴貴三〈清代常州
學派《易》學研究的成果與檢討〉提到：

張惠言與莊氏家族關係密切，尤其與莊存與之孫莊綏甲的
關係最爲密切，他們有共同的經學研究興趣，並景仰於莊
存與的《易》學研究，互有啓示與影響。〔註48〕

另外，董士錫受業於張惠言，與莊綏甲也有往來，彼此《易》學上的
影響值得探討。

　　董士錫卒於道光十一年（1831年），年五十，逝世原因爲左肘瘤
疾〔註49〕。綜觀董士錫一生，終生未仕，客遊四方，然一生足跡只在
江蘇省、安徽省、浙江省、江西省、河南省、山東省。其與當時的知
名文人多有互動，除了與張惠言、包世臣、吳德旋、周濟等人交往，
與阮元等當時達官也有來往，交友廣泛，雖然未仕，但其文學成就多
爲當時文人所敬。筆者將董士錫的生平和詞作的創作時間整理成表
格，附表於下一頁。

〔註47〕【清】董士錫：《齊物論齋文集》，《續修四庫全書》（上海：上海古
　　　　籍出版社，1995年），冊1507，頁298。

〔註48〕賴貴三：〈清代常州學派《易》學研究的成果與檢討〉，《晚清常州地
　　　　區的經學》（台北：學生書局，2009年），頁23。

〔註49〕「君自中歲左肘生瘤，治之固效，其後瘤敗而卒。」見【清】吳德
　　　　旋：〈晉卿董君傳〉，《清朝碑傳全集》（台北：大化出版社，1984年），
　　　　頁2921。

董士錫生平及詞作表

年份	年齡	生平	詞作
乾隆四十七年（1782年）	1 歲	董士錫生。	
乾隆四十八年（1783年）	2 歲	「士錫生兩歲，太孺人襄襄之，戲指桃符字使識，時不能言，以目視之。」（董士錫：〈祖妣錢孺人行略〉，《齊物論齋文集》）	
乾隆四十九年（1784年）	3 歲	「三歲口授杜甫〈秋興〉詩八首，成誦。」（董士錫：〈祖妣錢孺人行略〉，《齊物論齋文集》）	
乾隆五十年（1785年）	4 歲	「四、五歲則受以《孝經》千文。」（董士錫：〈祖妣錢孺人行略〉，《齊物論齋文集》）	
乾隆五十一年（1786年）	5 歲		
乾隆五十二年（1787年）	6 歲	「六歲就傅。」（董士錫：〈祖妣錢孺人行略〉，《齊物論齋文集》）	
乾隆五十三年（1788年）	7 歲		
乾隆五十四年（1789年）	8 歲		
乾隆五十五年（1790年）	9 歲		
乾隆五十六年（1791年）	10 歲		

乾隆五十七年（1792年）	11歲		
乾隆五十八年（1793年）	12歲	「十二、三歲學屬文，則訓以宜自得師，愼取友，勤修飭，坐臥行立，勿有惰容。」（董士錫：〈祖妣錢孺人行略〉，《齊物論齋文集》）	
乾隆五十九年（1794年）	13歲		
乾隆六十年（1795年）	14歲		
嘉慶一年（1796年）	15歲	「先生（張惠言）余舅氏也，嘉慶紀元之初，余與承之皆從學，遂相友善。」（董士錫：〈江承之傳〉，《齊物論齋文集》）	〈菩薩蠻〉「擬溫飛卿，丙辰，里中作」
嘉慶二年（1797年）	16歲	「士錫季十六，太孺人命負笈從舅氏遊……學兩季歸。」（董士錫：〈祖妣錢孺人行略〉，《齊物論齋文集》） 「年十六，從舅氏張惠言遊，承其指授，爲古文、賦、詩、詞皆精妙，而所授虞仲翔易義尤精。」（張維驤纂：《清代毗陵名人小傳稿》） 「年16，從舅父張惠言學，工于詞，于虞翻《易》義尤精。」（南京師範大學古文獻整理研究所編著：《江蘇藝文志》）	〈河傳〉「簾，丁巳，徽州作」 〈南浦〉「秋燕同金朗甫作」

		「年十六，從其兩舅氏張皋文宛鄰遊，皋文以文學伏一世，君承其指授，爲古文賦詩詞皆精妙，而所受虞仲翔易義尤精。」（吳德旋：〈晉卿董君傳〉，《清朝碑傳全集》）	
嘉慶三年（1798年）	17歲	張惠言離開安徽歙縣至京師，董士錫返鄉，於里中作〈破陣子〉「落日層雲半擁」、〈水龍吟〉「送春」、〈蝶戀花〉「蝶」，之後又至徽州，作〈六州歌頭〉「秋荷」，返鄉途經杭州，作〈木蘭花慢〉「武林歸舟中作」。	〈破陣子〉「戊午，里中作」 〈水龍吟〉「送春」 〈蝶戀花〉「蝶」 〈六州歌頭〉「秋荷，徽州作」 〈木蘭花慢〉「武林歸舟中作」
嘉慶四年（1799年）	18歲		〈賀新郎〉「喜梅花開賦，己未，里中作」 〈醜奴兒慢〉「春雨」 〈摸魚兒〉「射蟬紗」 〈摸魚兒〉「正良宵」 〈綠意〉「晚風籬落」 〈哨徧〉「春雨絲絲」 〈霓裳中序第一〉「己未，秋感事」 〈湘春夜月〉「秋海棠」
嘉慶五年（1800年）	19歲		〈南鄉子〉「庚申」 〈浣溪紗〉「細雨催人卻下簾」 〈粉蝶兒〉「記昔時長自來小園凝坐」 〈一剪梅〉「昨夜春魂度玉關」 〈菩薩蠻〉「多時不入閒庭院」 〈長亭怨慢〉「感逝有作」

			〈金縷曲〉「桓大司馬曰，昔年移柳依依漢南今看搖落，淒愴江潭，樹猶如此，人何以堪，予有感焉」
			〈菩薩蠻〉「瑤臺十二仙山界」
			〈阮郎歸〉「胡蝶次惲蓴塘韻」
			〈相見歡〉「西風夜入層城」
			〈暗香〉「庭中桂華盛開，因憶往歲偕亡友江安甫吳山之游，感而賦此」
			〈疏影〉「香林映月」
嘉慶六年（1801年）	20歲	董士錫作〈高陽臺〉「舟行淮陰道中作」，至京師，作〈鶯啼序〉「爲劉芙初賦事」等。	〈暗香〉「題莊達甫先生攝山採藥第一圖，辛酉」
			〈高陽臺〉「舟行淮陰道中作」
			〈鶯啼序〉「爲劉芙初賦事，京師作」
			〈南浦〉「聞雁」
			〈鳳棲梧〉「袖壓春風環壓霧」
			〈滿庭芳〉「霧海塵消」
			〈滿庭芳〉「寄題莊達甫先生攝山采藥第二圖」
嘉慶七年（1802年）	21歲	「嘉慶庚申秋試，識陽湖張君翰風于號舍。……識翰風后兩年，又識其甥武進董君晉卿。」（包世臣：〈自編小倦游閣文集三十卷總目序〉，《包世臣全集》）	〈滿庭芳〉「題莊傳永印譜，壬戌」
			〈滿庭芳〉「夢江安甫」
			〈水龍吟〉「寒食」
			〈水龍吟〉「清明」
			〈水龍吟〉「瓶中桃花」
			〈水龍吟〉「門上柳枝」
		「及見晉卿作，深幸德之有鄰，益嘆其秀出不可到。……晉卿時年始二十有一，予反復洛誦，爽然	〈齊天樂〉「燈花」
			〈齊天樂〉「鏡屏」
			〈齊天樂〉「摺疊扇」

		自失。」（包世臣：〈齊物論齋文集序〉，《包世臣全集》） 「嘉慶壬戌，贊卿試禮部不第將歸，余送之。」（董士錫：〈送魏贊卿敘〉，《齊物論齋文集》）	〈齊天樂〉「斑竹書架」 〈風流子〉「柳棉飛不住」 〈滿庭芳〉「減盡寒英」 〈八聲甘州〉「送劉芙初陸祁生歸里」 〈漢宮春〉「茗柯先生輓詞」 〈風入松〉「感逝」 〈四園竹〉「感逝」 〈高陽臺〉「感逝」
嘉慶八年 （1803年）	22歲	「晉卿足下：承示賦冊，深辱推許，俾加點定，發而讀之，〈白雲〉、〈易消息〉兩首，張、蔡不爾過也，〈愁霖〉、〈杏華〉、〈紅蕙〉三首，亦文通、子山之並。斯藝久絕，舊觀頓還，欣喜之情，非可言喻。」（包世臣：〈答董晉卿書〉，《包世臣全集》）	〈青門引〉「癸亥，里中作」 〈木蘭花〉「一秋涼夢催離別」 〈金縷曲〉「偕黃古愚遊虞山飲中賦贈，常熟作」 〈翠樓吟〉「里中作」
嘉慶九年 （1804年）	23歲	「余年十六學為詞，甲子始識武進董晉卿，晉卿年少於余，而其詞纏綿往復，窮高極深，異乎平時所仿效，心向慕不能已。」（周濟：〈詞辨序〉，《續修四庫全書》）	〈疏影〉「題劉簡田故山紅樹圖，甲子，揚州作」 〈南浦〉「題錢獻之歸漁圖」 〈水龍吟〉「題黃心菴來禽館填詞圖」 〈木蘭花慢〉「寒夜甚雨有作」 〈八六子〉「寒衾」 〈鳳簫吟〉「題樂蓮裳繡鳳圖」 〈霜天曉角〉「湖上送別」 〈菩薩蠻〉「湖上送別」
嘉慶十年 （1805年）	24歲	嘉慶十年，董士錫先後至杭州、蘇州，除了與周濟繼續研討詞學，尚有許多唱和之作，如〈長亭怨慢〉「新竹」、〈疏影〉「風竹」、〈南浦〉「晴竹」、〈高	〈壽樓春〉「題何夢華壽華樓圖，乙丑，杭州作」 〈山花子〉「葉小鸞眉子研」 〈揚州慢〉「有贈」 〈金縷曲〉「題張晴厓聽香

		陽臺〉「雨竹」,上述四闋詞亦可見於周濟《存審軒詞》。	圖」 〈洞仙歌〉「贈徐生」 〈齊天樂〉「送人之處州」 〈長亭怨慢〉「新竹,和周保緒四首,蘇州作」 〈疏影〉「風竹」 〈南浦〉「晴竹」 〈高陽臺〉「雨竹」
嘉慶十一年（1806年）	25歲	嘉慶十一年,董士錫爲周濟詞集作序。	〈江城子〉「丙寅,里中作」 〈風入松〉「題畫」 〈相見歡〉「立秋,九江作」 〈點絳唇〉「遙夜如年」 〈虞美人〉「韶華爭肯偎人住」 〈惜紅衣〉「岸雨霏霏」 〈解連環〉「夢魂漂泊」 〈大酺〉「秋雨」 〈南歌子〉「新霽」 〈浪淘沙慢〉「江樓晚望」
嘉慶十二年（1807年）	26歲	「十二季正月,余客九江,郡守方君讌客于琵琶亭,相與賦詩,凡三十六人,德化廖君之作爲其冠,余時與君始相識。君爲詩學陶淵明,恢而衍之,其佳者似元結柔厚之旨俳然。先一季,方君嘗以君詩示余,余既盡讀之,彌欲交其人矣,然自余既識君後,往還亦未數數,而方君署守饒州,余亦將去,爲日月淺。」（董士錫:〈廖雪鷺詩敘〉,《齊物論齋文集》）	〈綠意〉「題僧彌本小綠天菴圖,丁卯」 〈六州歌頭〉「平山堂送貴仲符北行用宋韓無咎韻,揚州作」 〈揚州慢〉「題周崑生印譜」

嘉慶十三年（1808年）	27歲	嘉慶十三年，董士錫作〈百字令〉「題阮梅叔珠湖漁隱圖」，另外，清代通儒焦循的《雕菰集》中也有作〈題阮梅叔亨珠湖漁隱圖〉詩及文，以及〈奉和董晉卿湖上對月詩〉，兩人有所往來。	〈百字令〉「題阮梅叔珠湖漁隱圖，戊辰」〈洞仙歌〉「焦里堂得石名之日勁雪，爲圖索題」〈憶舊遊〉「暮春感懷」
嘉慶十四年（1809年）	28歲	嘉慶十四年，董士錫至歸德，作〈金縷曲〉「雪霽夜寒挑鐙感賦」。	〈金縷曲〉「雪霽夜寒挑鐙感賦，己巳，歸德作」〈蝶戀花〉「記夢」
嘉慶十五年（1810年）	29歲	嘉慶十五年，董士錫至京師，作〈金縷曲〉「題天女散花圖」。	〈金縷曲〉「題天女散花圖，庚午，京師作」〈綠意〉「題清樽翠袖圖」
嘉慶十六年（1811年）	30歲	嘉慶十六年，董士錫至武陟，作〈摸魚兒〉「題袁蘭邨倉山月話圖」。	〈摸魚兒〉「題袁蘭邨倉山月話圖，辛未，武陟作」
嘉慶十七年（1812年）	31歲	「嘉慶十七季八月，余以事之洛陽。」（董士錫：〈商父癸尊贊并序〉，《齊物論齋文集》）	〈浣溪紗〉「壬申」
嘉慶十八年（1813年）	32歲	「士錫嘉慶癸酉副榜貢生。」（董士錫：〈祖妣錢孺人行略〉，《齊物論齋文集》） 「余所寓正陽門外西南萬佛寺，四面不數十武皆市塵，而門前巷僻以小，不通車轍，門內老槐數章，陰覆廣庭，初秋潦暑，仰視油然光景，在地涼碧如水，則惟予友嘗步過焉。嘉慶十八季七月，有飲酒其下者凡十人，既而談塵縱橫，相視怡說，留連竟日而不忍去，此境爲之邪，人爲之邪，咸以	〈齊天樂〉「題袁蘭邨續倉山月話圖，癸酉」〈齊天樂〉「題王菉江閒看兒童捉柳花圖」〈踏莎行〉「題王菉江種紙圖」

		爲茲遊極歡，不可弗識，于是余君伯維屬汪君浣雲爲圖以紀之，命之曰槐寺飲秋，識其地，識其事，識其時，示勿忘也。夫此十人者，居不必同所，遊不必同方，而一旦胥集，于是亦適然事耳，而相與低回弗寘焉，以成斯圖，其可念也，以余遂爲之記。」（董士錫：〈槐寺飲秋圖記〉，《齊物論齋文集》）	
嘉慶十九年（1814年）	33歲	嘉慶十九年十一月，董士錫作〈祖妣錢孺人行略〉。	〈憶舊遊〉「題清風驛壁，入都作」 〈臨江仙〉「題富莊驛壁用壁閒元韻，出都作」
嘉慶二十年（1815年）	34歲		
嘉慶二十一年（1816年）	35歲	嘉慶二十一年，董士錫至南昌，作〈代阮巡撫南昌府學碑記〉。	〈更漏子〉「題仕女圖，內子，南昌作」
嘉慶二十二年（1817年）	36歲	「前庶常知鳳臺縣事武進李君兆洛適來主講縣之眞儒書院，因質以編纂事。李君令鳳臺時，作鳳臺志，以精覈見偁，而鳳臺爲壽州分縣，于治爲簡，志懷遠事宜詳于鳳臺者數倍，爰共商攉，本其體例，恢而廣之，條貫略定，纂輯過半矣。其冬，李君以事去，代者爲明經武進董君士錫，復與董君續加蒐討，至二十三季七月書成，因乎舊志者十之八，刪其緐蕪不當者十之二，增于其舊者三倍，遂	〈惜紅衣〉「吳伶何桂畫秋海棠，丁丑，濟寧作」 〈醜奴兒慢〉「何桂畫芍藥」 〈金縷曲〉「韓薔畫戲嬰仕女」 〈憶舊遊〉「寄題落花人獨立微雨燕雙飛巷子」

		以就正于倪公，刊諸木焉。」（董士錫：〈懷遠縣志敘錄〉，《齊物論齋文集》）	
嘉慶二十三年（1818年）	37歲		〈望海潮〉「送春，戊寅，京師作」 〈燭影搖紅〉「憶春」
嘉慶二十四年（1819年）	38歲		〈疏影〉「月戲拈東坡三部樂首句作起，己卯，開封作」 〈更漏子〉「題畫，孟縣作」 〈摸魚兒〉「秋萍，京師作」 〈八聲甘州〉「題胡韞山援琴佇涼月圖」
嘉慶二十五年（1820年）	39歲		〈三姝媚〉「感興寄方彥聞，庚辰，安慶作」 〈探春慢〉「楊花」
道光一年（1821年）	40歲	「道光辛巳士錫房師霑化蘇君觀察，淮揚招士錫於幕，蘇猝染時疫，病甚，士錫侍疾謹，或告鄉試期迫，盍舍去，士錫曰，吾受吾師知遇之恩，未能一日報，今吾師疾病，吾遽舍之，而行非特無以酬吾師，且重負吾師也，卒不應試，留侍疾，閱數月，蘇乃愈。」（張維驤纂：《清代毗陵名人小傳稿》） 「南河總督黎襄勤公，素知君才及是賢君之爲，聘請修《續行水金鑑》，《行水金鑑》作於雍正間傅澤洪，歷考河道，古今沿革，興廢成敗之由，爲河務薈萃之書，而於黃淮運三河爲獨備，歲久未輯，	〈蘭陵王〉「江行」 〈祭天神〉「雨夜泊荻港」 〈鶯啼序〉「對雨」

		君以爲前作詳於考古略於徵今，續之者，宜詳於徵今而略於考古，如永定河之工程，今增於古幾十倍矣，而前書未詳，尤宜備載，因草例十數條以上，襄勤公歎服，君輯是書三載，書未成而襄勤公卒，事中輟矣，其後河督張公副河督潘公至，仍延君纂修而卒成之。」（吳德旋：〈晉卿董君傳〉，《清朝碑傳全集》）
道光二年（1822年）	41歲	
道光三年（1823年）	42歲	
道光四年（1824年）	43歲	「清河爲縣，始于宋咸淳間，蓋宋時黃河南北兩行，廣平府屬之，清河縣與此同爲大河所經，故亦曰南清河，今河盡南行，而清河界在河壩，康熙間，城齧于河南，遷于清口，又妨于淮運之行，乾隆二十六季，割山陽縣之清江浦改屬清河而治，亦徙焉，經理之始，規制多缺，而先師廟之建，特就明主事邵經濟，所葺之崇景堂，增置廡舍，因改爲廟，而簡陋往所不免矣，道光二季，吾師前督河黎襄勤公見而慼之，因紳士丁如玉等之請飭，河庫道福兆署，淮海道沈惇彝，淮揚道沈學廉議準重建，需費較繁，而紳士河員，無不踴躍，趨事爱命

		裏河同知張棟司其役,經始道光三季九月至四季七月而告成,輪奐之美,殿廡肅如,洵盛事也,余以二月來督南河,樂觀厥成,嘉尚無以,遂因司事者之請,而為之記系之。」（董士錫:〈代張河帥重建清河縣文廟碑〉,《齊物論齋文集》）	
道光五年（1825年）	44歲		
道光六年（1826年）	45歲		
道光七年（1827年）	46歲		
道光八年（1828年）	47歲	「莊先生存與以侍郎官于朝,未嘗以經學自鳴盛成書,又不刊板行世,世是以無聞焉,嘉慶間其彌甥劉逢祿作公羊釋例,精密無稱,以為其源自先生,道光八季,其孫綬甲刻所著易說若干卷成以示余,余再三讀之。」（董士錫:〈莊氏易說敘〉,《齊物論齋文集》）	
道光九年（1829年）	48歲		
道光十年（1830年）	49歲		
道光十一年（1831年）	50歲	「君自中歲左肘生瘤,治之周效,其後瘤敗而卒。」（吳德旋:〈晉卿董君傳〉,《清朝碑傳全集》）	

第二節　家世源流

在《齊物論齋文集》中，有關董士錫家世的敘述，可見董士錫〈家譜敘〉和董士錫〈祖妣錢孺人行略〉。董氏家族原爲趙氏，據包世臣爲董士錫父親所作的〈董定園墓銘〉提到：

> 先生諱達章，字超然，晚以字行，更號定園，姓董氏，武進人。其先本趙氏，五世祖爲后于姑之夫，遂托董姓。〔註50〕

從〈家譜敘〉中，可看到更詳細的記載，以及董士錫對自己家族源流的爬梳：

> 昔在虞帝命伯益爲朕，虞賜之姓曰嬴，子孫世之，以及造父，當周穆王時爲王御封于趙，城周之衰，趙用失守，而越于晉，爲趙氏，夙爲獻公御，始有封邑，衰從文公入國，始爲卿籍，與魏氏、韓氏分晉，始爲諸侯，雕始偕王遷及嘉，爲秦所滅，自伯益至王遷，具在秦本紀趙世家者，太史公論之矣。〔註51〕

伯益爲春秋戰國時秦國、趙國的祖先，因助禹治水有功，被虞舜賜姓曰嬴，爲嬴姓之祖。其後至造父，周穆王封其於趙，由此爲趙氏〔註52〕。據《史記》記載：

> 自造父已下六世至奄父，曰公仲，周宣王時伐戎，爲御。及千畝戰，奄父脫宣王。奄父生叔帶。叔帶之時，周幽王無道，去周如晉，事晉文侯，始建趙氏于晉國。自叔帶以下，趙宗益興，五世而趙夙。趙夙，晉獻公之十六年伐霍、魏、耿，而趙夙爲將伐霍。霍公求奔齊。晉大旱，卜之，曰「霍太山爲崇」。使趙夙召霍君於齊，復之，以奉霍太山

〔註50〕【清】包世臣：《包世臣全集》（安徽：黃山書社，1994年），頁525。

〔註51〕【清】董士錫：《齊物論齋文集》，《續修四庫全書》（上海：上海古籍出版社，1995年），冊1507，頁302。

〔註52〕「造父幸於周繆王。造父取驥之乘匹，與桃林、盜驪、驊騮、綠耳，獻之繆王。繆王使造父御，西巡狩，見西王母樂之忘歸。而徐偃王反，繆王日馳千里馬，攻徐偃王，大破之。乃賜造父以趙城，由此爲趙氏。」見【漢】司馬遷：《史記·趙世家》（北京：中華書局，1959年），冊六，頁1779。

之祀，晉復穰。晉獻公賜趙凤耿。凤生共孟，當魯閔公之
元年也。共孟生趙衰，字子餘。趙衰卜事晉獻公及諸公子，
莫吉，卜事公子重耳，吉，即事重耳，重耳以驪姬之亂亡
奔翟，趙衰從。……趙衰從重耳出亡，凡十九年，得反國。
重耳爲晉文公，趙衰爲原大夫，居原，任國政。文公所以
反國及霸，多趙衰計策。語在晉事中。〔註53〕

造父後世奄父，於千畝戰時脫周宣王，生叔帶，叔帶因周幽王無道，
去周，事晉文侯，始建趙氏於晉國。叔帶以下五世生趙凤，趙凤伐霍
有功，晉獻公賜之耿地。趙凤的孫子趙衰事晉文公，因驪姬之亂，和
晉文公出亡十九年，後晉文公成就霸業，趙衰多有功勞。春秋末年，
晉國經歷晉陽之戰，在強大公卿的兼併之下，剩下韓、趙、魏三家大
夫，最後三家瓜分了晉國，爲三家分晉，三家分晉同時標示著周王室
的衰落〔註54〕。戰國時代，趙國至趙王遷，殺良將李牧而用佞臣郭開，
被秦國所滅〔註55〕。

〈家譜敍〉接著說道：

秦漢以來，六國胥微，趙氏或散居四方，世不可紀載，籍互
舉大都錯雜無足徵也，周辛有之二子仕晉，董史因氏董，其
後蕃衍自三晉，散以天下。武進之董爲宋通遠軍節度使遵誨
之後，系出唐太傅隴西公晉，元初，有臣魯、臣粲者，從兄
弟也，竝遷常州，臣魯居前街，臣粲居後街，故董氏有二分，
皆祖周太史辛甲，爲夏后氏之族，姒姓也。而余之先爲嬴姓，
實趙氏宋武功郡王德昭，太宗時薨，贈太師中書令，追封魏

〔註53〕【漢】司馬遷：《史記》（北京：中華書局，1959年），冊六，頁1781。
〔註54〕《資治通鑑》以周威烈王二十三年，三家分晉寫起，裡面提到周王
朝的衰落並非僅是諸侯強勢，而是周天子自己壞了禮教。見【宋】
司馬光：《資治通鑑》（上海：三聯書店，2014年），頁12。
〔註55〕「太史公曰：吾聞馮王孫曰：『趙王遷，其母倡也，嬖於悼襄王。悼
襄王廢適子嘉而立遷。遷素無行，信讒，故誅其良將李牧，用郭開。』
豈不繆哉！秦既虜遷，趙之亡大夫共立嘉爲王，王代六歲，秦進兵
破嘉，遂滅趙以爲郡。」見【漢】司馬遷：《史記》（北京：中華書
局，1959年），冊六，頁1833。

王，後改封燕王，諡曰懿，懿王生舒國公惟忠，惟忠生韓國
公從藹，從藹生武當侯世宣，世宣生贈東平侯令櫛，令櫛生
訓武郎子平，子平生伯達，伯達生師玹，師玹生希呂，希呂
生徽州司法與佩，與佩生元高郵州錄事參軍孟墦，孟墦生集
慶路教授由彰，由彰生宜質，宜質生順玉，順玉生學道，學
道生明，明生贈文林郎桯，桯生良佐，良佐生文默，文默生
守信。自燕懿王至東平侯，史傳敘之。靖康中亂，宗室南渡，
孟墦以前，名見于宋史表。〔註56〕

秦漢以來，趙氏的傳承軌跡難以追考。另外，董氏起源於周朝辛氏，
周朝太史辛有的二子辛董至晉國任史官，被立爲董氏，董氏自三家分
晉後，散以天下。武進的董氏家族，爲唐朝宰相董晉、宋朝通遠軍使
董遵誨之後。

元初，董氏有前街、後街之分，據《宜興胥井、武進前街董氏合
修家乘》〔註57〕，及〈《宜興胥井、武進前街董氏合修家乘》的文獻
價值〉〔註58〕，董氏世系有三大支、三小支：宜興胥井分與武進前街
分、後街分爲三大支，蘇州吳江分、溧陽分、百瀆分爲三小支，前、
後街之分爲元初時，董臣魯、董臣粲堂兄弟，居於武進，兩人所居以
「前街」、「後街」做爲區隔，董士錫屬於前街董臣魯之系，董臣魯爲
第三世，董士錫爲第十八世，追本溯源，董氏之先可追溯至西周初太

〔註56〕【清】董士錫：《齊物論齋文集》，《續修四庫全書》（上海：上海古
　　　　籍出版社，1995 年），冊 1507，頁 302～303。
〔註57〕《宜興胥井、武進前街董氏合修家乘》共二十卷，民國十六年纂修，
　　　　木活字印本，由武進前街第二十二世孫董康監修，前街第二十二世
　　　　孫董秉清總纂。董氏家乘始修訖徙街十　世孫董微桂，自明朝隆慶
　　　　年間至民國，中間歷經更迭。董士錫爲武進前街雲樵公派董趙氏分，
　　　　爲第十八世孫，但董士錫並未列在歷代纂修名目裡，其所修的家譜
　　　　和董氏合修家乘應無直接關聯。據〈《宜興胥井、武進前街董氏合修
　　　　家乘》的文獻價值〉一文，這部家乘共印九十九部，編號發給祠堂
　　　　及裔孫，本文所據家乘，爲臺灣中研院史語所傅斯年圖書館的兩卷
　　　　微縮膠卷，原書存於紐約哥倫比亞大學東亞圖書館。
〔註58〕卞孝萱：〈《宜興胥井、武進前街董氏合修家乘》的文獻價值〉（香港：
　　　　《人文中國學報》，2010 年），第十六卷，頁 563～606。

史辛甲，更往前推可至夏禹，因治水有功被舜賜爲姒姓。

　　爲何董士錫的〈家譜敍〉要分別敍述趙氏和董氏的由來？因爲董士錫家族之先實爲趙氏，後因董臣魯後代子孫無後，才由趙氏過繼給董氏，爲「董趙氏」一支。在〈家譜敍〉中，董士錫繼續追溯趙氏的脈絡，自宋朝開國君主趙匡胤次子趙德昭，至明朝趙守信，記錄詳細。〈家譜敍〉續道：

> 元明以來，家牒放廢，存其昭穆系世而以，孟塤者始居武進者也，蓋宋宗室世居淛元之有天下，孟塤以其家去之武進之鄙曰西，蓋邨至禋之世復去西，蓋自居祝家莊，而由彰之仲子宜賢又先別居貫莊，蓋武進之趙有三宗，云守信之子三人，季曰中兗，實後于前街之董系諸譜，更名承獻，而守信之二子伯中兗、仲中允皆繼無後，惟承獻存，承獻所後姑之夫董氏貫，貫兄弟五人，伯資仲質皆一子，季贊二子，贊一子，仲季之子旋繼無後，今惟伯資後存。承獻既後董氏，別居河間，有子四人並著籍焉，卒皆歸葬于武進，子孫仍爲武進人也，其季曰遂昇，當康熙時爲大同府西路同知、漢中府知府，有德政，傳于山西通志，祠于朔平，生之璉，之璉考授州同知生萼輝，萼輝附監生，生傳泰、開泰，傳泰廬州府訓導，開泰昌化縣知縣，生達章，達章國子監生，自傳泰始采輯宗系以授達章，達章復遠考前古，以明所自，未成書而卒，卒之五季，子士錫承父遺命，咨于叔父達閌、族兄雲錦以作家譜，自承獻以下，著之于篇，爲世系圖，而以字官生卒葬地，取某氏子女，凡幾別記于後，凡吾族人存亡統紀庶有可考古者。〔註59〕

趙氏至元朝趙孟塤，始居武進，至明朝趙守信，有子三人，長子中兗和次子中允皆無後。同時，屬於前街董氏，董臣魯九世孫董貫無子，董貫的妻子爲趙守信的妹妹，因此趙守信的三子中兗過繼給董貫，更名爲承獻。董貫兄弟五人，長男董資、次男董質皆一子，四男董贊二子，么男

〔註59〕同註56，頁303。

董贄一子，次男和四男旋繼無後，至董士錫之時剩董資這脈尚存。

　　承獻既後董氏，別居河間，有子四人，伯遂登、仲遂成、叔遂棻、季遂昇，四人卒皆歸葬武進，子孫仍爲武進人。季子董遂昇，康熙時爲大同府西路同知、漢中府知府，有德政。董遂昇生董之璉，董之璉生董蕚輝，董蕚輝生董傳泰、董開泰，董開泰爲昌化縣知縣，生董達章，爲董士錫之父。自董傳泰始整理家族資料，接著傳給董達章，董達章遠考前古，以明所自，但書未成而先卒，傳至董士錫，和其叔父董達閎、族兄董雲錦一同琢磨，以作家譜，自董承獻以下著之於篇。董士錫最後於〈家譜敘〉說道：

> 錫姓命氏史官掌焉，或以國邑，或以官，或以王父字，而又
> 因族以按其世，故君之同姓冠取妻必告死、必赴百姓，有生
> 若死者，必告歲登下之諏之官府，蓋秩噄也。自古法不行，
> 世本殘缺，姓氏婁易不可條理，其顯者或依據經傳稽其始
> 先，猶不免顛到遺佚，至于隋唐五代之，閒浸以謬亂眞假，
> 錯糅汩乎紛噄不可究矣，蘇洵、歐陽修之作譜也，自宋以後
> 皆宗之，噄猶以季所長久慮毀滅敗壞，蓋區區一氏一族更數
> 千百季而欲不失其舊，固十不一覲，而況名字爵里纖悉之故
> 可得而求邪，烏庝知其晦而不可考，則考其箸焉者可也，知
> 其遠而不可詳，則詳吾之近焉者可也。〔註60〕

董士錫認爲「自古法不行，世本殘缺，姓氏婁易不可條理，其顯者或依據經傳稽其始先，猶不免顛到遺佚，至于隋唐五代之，閒浸以謬亂眞假，錯糅汩乎紛噄不可究矣」，至於蘇洵、歐陽修作譜，雖然「自宋以後皆宗之」，然猶不免「以季所長久慮毀滅敗壞」，其認爲家族沿革很難於長時間不失其完整性，中間易有錯漏遺佚，更何況如名子爵里等纖悉之故，因此「知其晦而不可考，則考其箸焉者可也」，其編纂原則爲「詳近略遠」，這與其編纂《續行水金鑑》的原則爲同。筆者根據上述的研究內容，製成下一頁的董士錫家族源流圖。

〔註60〕【清】董士錫：《齊物論齋文集》，《續修四庫全書》（上海：上海古籍出版社，1995年），冊1507，頁303。

董士錫家族源流圖

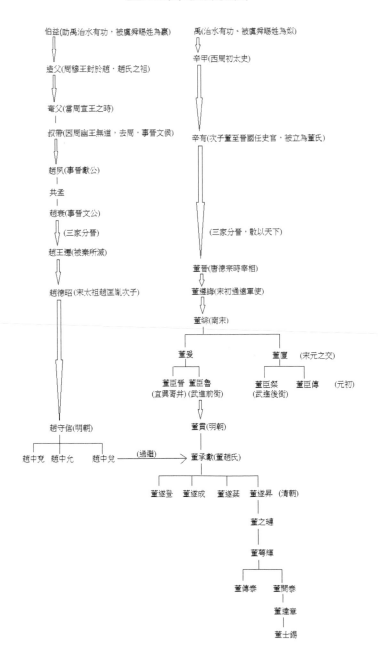

　　據〈《宜興胥井、武進前街董氏合修家乘》的文獻價值〉一文研
究，宜興胥井董氏和武進前街董氏有著極為不同的面貌：

> 鄉居的宜興胥井董氏，以經營農、林、礦業為主，也兼營
> 商業，雖有讀書者，未出現名人，明清兩代，一個中舉的
> 都沒有，更無中進士的了，城居的武進前街董氏經商致富
> 之後，改換門庭，子孫讀書，明清兩代中舉者二十七人，
> 中舉後中進士者十六人，在仕宦、文學兩個領域齊頭並進。
> 由於處境不同，宜興胥井董氏與武進前街董氏，雖是同族，
> 其人生觀、價值觀卻有區別。〔註61〕

董士錫所屬的武進前街董氏，在文學、仕宦上表現突出，清代文人多
稱頌武進董氏的文風之盛，值得一提的是，除了詩的表現不凡，董氏
家族有不少詞人：

> 在這個詩人群體中，有許多位兼詞人，如第十四世董以寧
> 早年有《國儀集》，不傳；今存《蓉渡詞》。第十七世董達
> 章有《半野草堂集》，子董士錫有《齊物論齋詞》。第十八
> 世董潮有《漱花詞》。第十九世董基誠、祐誠兄弟有《玉椒
> 詞》、《蘭石詞》，董基誠子董亮貼有《思無邪齋詞》。董毅
> 有《蛻學齋詞》。第二十一世董介壽再繼配唐韞貞有《雨窗
> 軒詞》、《秋瘦詞》，子董祺有《吮雪詞》、《鑄鐵詞》、《碧雲
> 詞》等，次子董康有《課花盦詞》。董康晚年嘗彙刻其先人
> 詞集，附以己作，為《廣川詞集》。〔註62〕

以家族群體為出發點探討董氏家族的詞學，值得深入研究。另外，武
進前街董氏文學成就不凡，但在功名表現上卻不見得如其文學之盛
〔註63〕，如董士錫雖以文著稱，但僅為鄉試副榜，終生未仕。

〔註61〕卞孝萱：〈《宜興胥井、武進前街董氏合修家乘》的文獻價值〉（香港：
　　　　《人文中國學報》，2010年），第十六卷，頁565。
〔註62〕同前註，頁566。
〔註63〕「清代前街董氏是一個詩人群體，其中除了進士、舉人外，董以寧
　　　　（秀才）、董大倫（秀才）父子，董達章（監生）、董士錫（鄉試副
　　　　榜）父子，都未中舉。前街董氏文學之盛，不完全表現在功名上。」
　　　　同註61，頁592。

第三節　家庭、交遊

　　討論完家世源流，筆者欲探討董士錫的家庭和與友人的交遊，家庭主要介紹董士錫的祖母、父親，交遊主要以同門友人江承之爲主。

一、祖母：錢純（1731 年～1805 年）

　　探討董士錫的家庭背景，可發現祖母對其影響頗深，地位在家族中舉足輕重，據〈祖妣錢孺人行略〉提到：

> 太孺人姓錢氏，諱純字，無非六世祖一本，明福建道御史，特贈中順大夫太僕寺少卿，學者倆爲啓新先生者也，世居常州東南九十里之段莊，曾祖養浩廩生以曾孫維城，贈至資政大夫刑部左侍郎，祖安世，康熙甲戌進士，直隸南和縣知縣，考枝挺國子監生，以子燕習貤贈修職郎，鹽城縣教諭妣蔣太孺人教諭君女各四人，太孺人最少，性淵靜而周敏，從教諭，君受毛詩、左氏傳、十七史、杜甫白居易詩皆通曉，教諭君特矜愛之，時錢氏方盛，親黨過從，紈綺照耀，太孺人則猶然弗屑也，教諭君嘗嘆曰此女乃才。
> 〔註 64〕

常州武進錢氏爲望族，人文薈萃，從政者多，自明朝錢一本始，能人輩出。錢一本爲萬曆年進士，任福建道御史，贈太僕寺少卿，曾上疏〈論相〉、〈建儲〉，個性戇直，因事觸怒神宗，被貶爲民，潛心六經，於《易》有所得，與顧憲成等分主東林講席，爲「東林八君子」之一〔註 65〕。錢一本之後，錢養浩、錢安世、錢維城皆名著一時。董士錫的祖母錢純在這樣的家學淵源下，受到良好的教育，毛詩、左氏傳、十七史、杜甫白居易詩皆通曉，且「性淵靜而周敏」，雖身在富貴卻未以爲傲。〈祖妣錢孺人行略〉續道：

〔註 64〕【清】董士錫：《齊物論齋文集》，《續修四庫全書》（上海：上海古籍出版社，1995 年），冊 1507，頁 326～327。

〔註 65〕見【清】張廷玉等撰：《明史》（台北：台灣商務印書館，2010），冊五，頁 2522～2525。

初教諭君與先曾祖一能府君諱萼輝友善，遂以太孺人字先大
父保齋府君諱開泰，比來歸時，一能府君已先卒，保齋府君
以國子生遊京師，家貧，伯祖憬齋君教授里中，以所入養曾
祖妣吳太孺人，太孺人則恆寄居，母氏既以不得侍姑爲憾請
歸，布衣蔬食，井竈杵臼，操作供給，若素習然，故得吳太
孺人歡。數季，保齋府君以騰錄議敍選廣東東莞縣縣丞，歷
署龍門曲江縣事，迎養吳太孺人，太孺人隨之廣東後，憬齋
君以廬州府學訓導辭疾里居，謂吳太孺人季高不宜數千里就
養，乃迎吳太孺人歸，太孺人則隨侍以歸，而復還廣東，行
經贛州十八灘，磯激船壞，眾大駭亂，太孺人從容部署，修
船而行，無所亡失，從者皆服，前後在廣東十餘季，佐治內
事以條貫屬比，偁情生文，部勒僕婢，威惠竝施，莫不順聽，
保齋府君入寢門每不問家人事也。〔註66〕

董士錫的祖父爲保齋府君董開泰，祖母錢純嫁至董家後，對於家事的
治理井井有條，且「部勒僕婢，威惠竝施，莫不順聽」，在人事上的
管理也頗爲出色。因爲董士錫的曾祖董萼輝早逝，其祖父和伯祖相繼
迎養董士錫的曾祖母吳太孺人，祖母錢純在一次送還中，乘船遇到意
外，「磯激船壞，眾大駭亂」，但錢純「從容部署，修船而行，無所亡
失，從者皆服」，不僅顯示其人事調度上的有法，更突顯其臨危不亂
的氣度。祖母錢純爲維繫董氏家族日常運作不可或缺的角色，其「撫
羣幼，理家政，命府君遊學京師，延師教叔父、季父，爲叔父、季父
娶字姑，爲士錫延師，爲娶，經庶祖母及姑之喪，凡二十餘季，府君
遊學依人謀菽水，弗能時時歸，皆太孺人操苦辛節服食之所籌設，無
不犁然盡禮者〔註67〕」，在家族中頗具影響力。

　　錢純除了對於家庭的照應，對於張惠言兄弟，及親族中的貧者，
也都不吝幫助，值得一提的是，張惠言家族和董士錫家族在康熙時已

〔註66〕【清】董士錫：《齊物論齋文集》，《續修四庫全書》（上海：上海古
　　　　籍出版社，1995年），冊1507，頁327。
〔註67〕同上註，頁327～328。

有淵源，〈祖妣錢孺人行略〉載：「始康熙時，許君宏聲，與一能府君
及外曾祖張政誠君以文行相砥，交若骨肉」，董士錫母親張達閎爲張
惠言長姐，張政誠爲董士錫外曾祖，一能府君爲董士錫曾祖董蕚輝，
許家、董家和張家交好，三家子孫多有姻親關係，張惠言和張琦兄弟
也多受到錢純的照顧：

> 保齋府君既官廣東，遂爲先府君聘張孺人也，張氏世爲諸
> 生，習貧，至外祖步青君早卒，外祖母姜太孺人以苦節撫
> 二孤，境尤奇窮，或以爲言，太孺人曰：「是先舅之志也，
> 且古名臣名賢，每以貧賤興，吾聞張氏有清德，今其子才
> 佗日必以文行顯矣」，及保齋府君卒，遂迎姜太孺人同居，
> 相得甚，復爲士錫聘舅氏惠言女，時兩舅氏頻季出遊，所
> 入不給事畜，太孺人爲籌之如己事，視兩舅氏如子，兩舅
> 氏之視太孺人亦如母也，後兩舅氏果以文學科第顯名于
> 時。〔註68〕

董士錫的外祖早逝，外祖母姜太孺人撫養張惠言兄弟，生活不易，
錢純迎姜太孺人同居，且待張惠言兄弟如己出，資助其出遊費用，
對於張惠言、張琦兄弟日後的成就助益匪淺，另外，錢純還幫董士
錫聘張惠言之女爲妻，因此董士錫除了是張惠言外甥之外，同時也
爲女婿。

　　由於董士錫父親「爲諸生，不治生產，出遊所入廑以自給」，叔
父、季父「皆遠遊，依人無所贏入」，且錢純「多更昏喪且婁施與」，
原本家族因爲祖父董開泰官俸「薄有田百畝，宅一區」，至嘉慶九季
「田宅盡矣」，錢純帶著董士錫父及季父遷居至董士錫曾祖董蕚輝故
居，「居甚偪小，臺恐太孺人高季弗適也」，但錢純以先人的學行相勉，
期能無忘先人之志。

　　〈祖妣錢孺人行略〉尚有許多董士錫祖母錢純的生活記載，如「勤
嘗日紡木棉一兩」，人以錢純年高勸之少休，錢純謂：「昔魯敬姜以大

〔註68〕【清】董士錫：《齊物論齋文集》，《續修四庫全書》（上海：上海古
　　　籍出版社，1995 年），冊 1507，頁 327～328。

夫之家猶不廢績，非好勞，實惡佚也，況于吾其敢以佚爲教」，引用
《國語》裡的「敬姜論勞逸〔註69〕」，「夫民勞則思，思則善心生，逸
則淫，淫則忘善，忘善則惡心生」，顯示其惡佚積極的處世態度；又
能爲詩，「偶拈保齋府君和人韻作詩，保齋府君俪之，太孺人以爲非
婦人事，後竟不作，士錫幼時，太孺人偶示以所作哭女詩，旋即焚棄，
後求之竟無槀也」，此外：

> 不飲酒，家人事無巨細必親必先，七十後漸衰，以家事分
> 任士錫母及叔母，居一室，不出戶，喜閱史書，閒與諸孫
> 指說以爲娛，不閱釋、老氏書，僧尼、道士、女巫、媒儈
> 勿許入門，一老尼某時來，太孺人輒納之，予以錢米，人
> 問其故，太孺人曰：「先姑垂暮失子寡歡，此尼嘗以受先姑
> 施，時進解說，往往忘憂加食，此庸可拒乎」，其徒來則屛
> 之如故，嘗謂家人我死必無召僧道，作齋懺此最無益，以
> 爲盡人子心抑又愚以。〔註70〕

從〈祖妣錢孺人行略〉中，可以看到一個形象鮮明、個性完整的祖母
形象：利家人的種種互動；喜閱史書，不閱釋、老氏書也不許僧道入
門，但遇到有淵源的老尼仍待之甚善，其徒來則屛之如故，顯示其有
原則但不失人情的一面。錢純生於雍正九年（1731年）正月十五日，
卒於嘉慶十年（1805年）十二月，年七十五。

　　另外，錢純的族人錢維城、錢維喬，爲知名文人。錢維城（1720
年～1772年），生於康熙五十九年，卒於乾隆三十七年，乾隆十年狀
元，據《清代毗陵名人小傳稿》：

> 維城初名辛來，字宗磐，號稼軒，又號茶山，武進人，人麟
> 子，乾隆十年殿試第一人及第，授修撰，累官刑部侍郎，卒
> 贈尚書，謚文敏，修律例，舉其援引歧誤者，疏請更改，下
> 部議行之，視學浙江，以士子工揣摩，少實學，飭諸生以半

〔註69〕張永祥譯注：《國語譯注》（上海：上海三聯書店，2014年），106。
〔註70〕【清】董士錫：《齊物論齋文集》，《續修四庫全書》（上海：上海古
　　　籍出版社，1995年），冊1507，頁328。

> 年習一經，於按試時覈驗，士習一變。工詩文，善書畫，書
> 法蘇文忠，其於畫天授也，初從錢香樹尚書母夫人學畫花
> 卉，不甚作山水，後一染翰遂成名手，渾雅疏散，滿紙烟雲，
> 擅元四家之勝，卓然成大家，與富陽董宗伯齊名，皆以幽深
> 兼沈厚勝，而維城又秀骨天成，蓋通籍後得力於東山者也。
> 次子中鈺，字守之，官中書科中，書畫承家法以筆力見長，
> 不多皴，年三十餘歿，其畫世不多見。〔註71〕

錢維城善書畫，書學蘇軾，畫師從名畫家董邦達，且與之齊名。錢維喬（1739年～1806年），生於乾隆四年，卒於嘉慶十一年，在詩、文、戲曲、書畫等領域皆有成就，和乾隆間名士袁枚、洪亮吉等有密切的交往，《清代毗陵名人小傳稿》載：

> 維喬字樹參，一字季木，號曙川，一號竹初，又號半竺道
> 人，小字阿逾，維城弟。乾隆二十七年舉人，官鄞縣知縣，
> 有政聲，爲文博瞻，詩則五言法魏晉六朝歌行，自唐初以
> 迄北宋諸家，無不涉歷，近體尤近大歷十子，雖心摩古人，
> 而別有一種幽奇靈秀之氣，耐人尋味，工山水，不專一格，
> 茂密峭秀兼擅，其勝筆意鬆靈，氣體清逸，一種蕭疏恬雅
> 之致，脫盡畫家面目，無一毫烟火氣擾其筆端。〔註72〕

又《江蘇光緒武進陽湖縣志》載：

> 錢維喬字竹初，贈尚書，維城弟，乾隆二十七年舉人，官浙
> 江鄞縣，有政聲，爲文博瞻，書畫之名，亞於其兄。〔註73〕

除了詩、文、書畫之外，錢維喬在政治方面也有所作爲，受到人民愛戴。由錢維城、錢維喬，及董士錫的祖母錢純，可知常州武進錢氏的文風鼎盛，董士錫自小受祖母的諄諄教育，得之於祖母甚多。

〔註71〕張維驤纂：《清代毗陵名人小傳稿》（台北：文海出版社，1974年），卷四，頁6～7。

〔註72〕張維驤纂：《清代毗陵名人小傳稿》（台北：文海出版社，1974年），卷四，頁22。

〔註73〕【清】董似穀修：《江蘇光緒武進陽湖縣志》（台北：學生書局，1968年），冊六，頁2375。

二、父親：董達章（1753 年～1813 年）

　　董士錫的父親董達章（1753 年～1813 年），字超然，號定園，爲
國子監生，爲當世文人所重。其生平記載不多，較爲具體的有董士錫
的友人包世臣所作〈董定園墓銘〉：

　　吾友晉卿卜以道光某年某月某日，葬其尊甫定園先生于某
　　原。晉卿甫成童，即以通易、禮、春秋，工爲賦頌古文辭
　　及倚聲，知名當世。其友生多與先生爲紀。群交者，以予
　　爲先生所尤厚，故屬爲埋幽之詞。予爲之系曰：先生性豪
　　宕，喜急友朋之難，涉因躓而不悔，遇人輒傾吐無余，唯
　　不能賴薈蔚朝隮之气，論者疑其有褊心，是則耿介之姿，
　　迫于所遭而然也。先生最嗜詩，爲半野堂集數千首，又工
　　致舉業，既十試被放，乃遍走燕、齊、晉、豫、楚、粵，
　　又落拓無所合，而疇昔攜手之儔，既高舉，率鮮能爲終始。
　　于是先生亦垂五十矣，乃卻掃奉母氏以終于家。先生左目
　　微眴，晚作琵琶俠傳奇，托茂秦以寄意。先生之詩，雖大
　　要治聲色格律，然抒寫情性多自得，既與茂秦殊科矣。然
　　渝盟有太倉、歷城，而曳裾無趙王，至假于俳優，求知己
　　于舞衫歌扇之中，斯其志亦可傷也。先生初以國子生赴都
　　下，母夫人命之曰：「兒此去毋問業于錢坫，而出王昶之門。」
　　先生既才名藉甚，二公爭識面，先生竟謝絕之。先生諱達
　　章，字超然，晚以字行，更號定園，姓董氏，武進人。其
　　先本趙氏，五世祖爲后于姑之夫，遂托董姓。一傳爲漢中
　　知府遂升，先任大同丞，有惠政，民至今祠之。父開泰，
　　昌化知縣。母錢氏。娶張氏，前編修惠言、今館陶知縣琦
　　之女兄也。編修昆弟并有文行，晉卿之學所自出。先生卒
　　于嘉慶十八年十一月一日，年六十一一歲。子一，即晉卿，
　　名士錫，嘉慶癸酉順天副貢士。孫二：毅，縣學生；殷，
　　爲先生弟達源后。女孫三，皆幼。〔註74〕

〔註74〕【清】包世臣：《包世臣全集》（安徽：黃山書社，1994 年），頁 525
　　　　～526。

董達章仕途不順，四處遊歷，遍走燕、齊、晉、豫、楚、粵，落拓無遇，終老於家。其性豪宕，喜急朋友之難，嗜詩，著有《牛野草堂詩集》。其著作據《江蘇藝文志》載，已全佚，〈董定園墓銘〉中所提到的「先生左目微眴，晚作琵琶俠傳奇，托茂秦以寄意。先生之詩，雖大要治聲色格律，然抒寫情性多自得，既與茂秦殊科矣。然渝盟有太倉、歷城，而曳裾無趙王，至假于俳優，求知己于舞衫歌扇之中，斯其志亦可傷也」，由於《琵琶俠》傳奇已佚，無從得知內容，但從「托茂秦以寄意」中，可看出端倪。茂秦爲明代文人謝榛，據《明史》記載：

> 謝榛，字茂秦，臨清人，眇一目，年十六，作樂府商調，少年爭歌之，已折節讀書，爲歌詩，西游彰德，爲趙康王所賓禮，入京師，脫盧柟於獄，李攀龍、王世貞輩結詩社，榛爲長，攀龍次之，及攀龍名大熾，榛與論生平，頗相鐫責，攀龍遂貽書絕交，世貞輩右攀龍，力相排擠，削其名於七子之列，然榛游道日廣，秦晉諸王爭延致，大河南北皆稱謝榛先生，趙康王卒，榛乃歸。萬曆元年，冬復游彰德，王曾孫穆王，亦賓禮之，酒闌樂止，命所愛賈姬獨奏琵琶，則榛所製竹枝詞也。榛方傾聽，王命姬出拜，光華射人，藉地而坐，竟十章，榛曰此山人里言耳，請更製，以備房中之奏，詰朝上新詞十四闋，姬悉按而譜之，明年元旦，便殿奏伎，酒止送客，即盛禮而歸姬於榛。榛游燕、趙間，至大名，客請賦壽詩百章，成八十餘首，投筆而逝。
> 〔註75〕

謝榛爲明代後七子，終生未仕，雲遊四方，這樣的背景和董達章「嗜詩，爲牛野堂集數千首，又工致舉業，既十試被放，乃遍走燕、齊、晉、豫、楚、粵，又落拓無所合」有相似之處，且兩人眼睛皆有殘疾，背景的相似使得董達章「晚作琵琶俠傳奇，托茂秦以寄意」也不難理

〔註75〕 【清】張廷玉等撰：《明史》（台北：台灣商務印書館，2010 年），冊六，頁 3164。

解，至於《琵琶俠》傳奇的內容，可能是以謝榛的生平爲底，明史記載謝榛「西游彰德，爲趙康王所賓禮」，謝榛雖然布衣終生，但文名頗盛，助朋友盧柟洗刷冤屈的事蹟，使得其受人景仰；其爲趙康王朱厚煜所賞識，萬曆元年，在趙康王卒後，謝榛復游彰德，「王曾孫穆王，亦賓禮之，酒闌樂止，命所愛賈姬獨奏琵琶，則榛所製竹枝詞也。榛方傾聽，王命姬出拜，光華射人，藉地而坐，竟十章，榛曰此山人里言耳，請更製，以備房中之奏，詰朝上新詞十四闋，姬悉按而譜之，明年元旦，便殿奏伎，酒止送客，即盛禮而歸姬於榛」，這樣的知遇，或爲董達章所盼而「寄意」的。

《清代毗陵名人小傳稿》：
> 達章字超然，號定圍，武進人，少不慧，二十餘，文忽奇突，學詩半年，驀入杜韓之室，務爲巉刻沈壯，晚乃歸於宋人，以瀏淏湊泊爲工，喑鳴叱叱悲憤雄屬之氣時見於言，客京師，紀曉嵐、程魚門甚重之。〔註76〕

《江蘇藝文志》：
> （董達章）字超然。晚以字行，更號定圍。清武進人。監生。好詩，工舉子業。但屢試不中，乃遍游燕、齊、晉、豫、楚、粵，落拓無所遇。後歸，終老于家。〔註77〕

兩者所載內容亦近。董達章著有《游記》1卷、《定圍隨筆》8卷、《半野草堂文集》2卷、《半野草堂詩集》17卷、《半野草堂詞》1卷，以及傳奇《琵琶俠》2卷、《花月屏》1卷，現皆不存〔註78〕。

三、朋友：江承之（1783年～1800年）

據《清代世變與常州詞派之發展》提到：
> 張惠言離開歙縣之後，至京師受經堂與諸子講學，鮑桂星

〔註76〕張維驤纂：《清代毗陵名人小傳稿》（台北：文海出版社，1974年），卷五，頁27。
〔註77〕南京師範大學古文獻整理研究所編著：《江蘇藝文志》（南京：江蘇人民出版社，1994年），常州卷，頁505。
〔註78〕同上註，頁505～506。

〈受經堂彙稿序〉一文曾提到張氏的得意門生有「金朗甫、
董晉卿、江安甫、楊雲在」，此四人最有可能傳承張氏詞學。
他們的專長及遭遇可參楊紹文〈受經堂彙稿序錄〉一文，
他說：「式玉、士錫工辭賦。而士錫與承之治易及禮，並能
通其說。紹文少喜議論，偶有聞見，輒著之於文，習久稍
稍得規矩。……嘉慶庚申，承之殤，先生哭之慟，哀其遺
學，錄而藏之。壬戌，式玉入翰林，旋卒，先生亦卒。」
張氏師門在嘉慶年間迅速凋零，嘉慶五年江承之卒，嘉慶
七年金式玉卒，隨後，張惠言亦卒。〔註79〕

江安甫即為江承之，為董士錫的同門，兩人皆於嘉慶二年於安徽歙縣
受教於張惠言，承之於易學方面的表現突出，但於嘉慶五年卒，年僅
十八，張惠言對此甚悲。董士錫有作〈江承之傳〉，由此可一窺其同
門友人的經歷：

> 江承之，字安甫，徽州歙人，世業賈，至承之始為儒者之
> 學，承之好學而有恆，不喜詞賦小技，獨有志于六經，其
> 于師友間肫肫也。承之所師事庶吉士武進張先生，先生弟
> 子前後以十數，承之為最，承之生十四季而事張先生，凡
> 四季，先生之所學者無不學也，先生之所著述發明者，無
> 弗朝夕而檢求也，遂通虞翻氏易，鄭康成氏禮，嘉慶四季，
> 張先生之京師，承之從，若不可以一日違先生者，其冬得
> 疾，以五季正月之朔卒于京師，年十有八。〔註80〕

從「不喜詞賦小技，獨有志于六經」可知江承之的治學取向，其於虞
翻氏易、鄭康成氏禮有所得，董士錫認為「先生弟子前後以十數，承
之為最」，對其評價甚高。江承之十四歲時從師張惠言，嘉慶四季，
張惠言離開歙縣至京師，江承之同行，該年冬季得疾，隔年正月之朔
卒，問學於張惠言僅四年。〈江承之傳〉續道：

〔註79〕陳慷玲：《清代世變與常州詞派之發展》（台北：國家出版社，2012
年），頁 172。
〔註80〕【清】董士錫：《齊物論齋文集》，《續修四庫全書》（上海：上海古
籍出版社，1995 年），冊 1507，頁 325。

其友董士錫曰：先生余舅氏也，嘉慶紀元之初，余與承之皆從學，遂相友善，承之之學雖有所得而爲成，無以自見于世，豈天靳之邪，然余以爲古之人其學未若承之而幸而著書以傳于後者有矣，若承之者，其志抑可哀邪，余故爲之傳，無使其泯焉。〔註81〕

董士錫認爲古人不如江承之者仍有機會著書立說，惜承之才不欲其湮沒，因而爲之傳。在《齊物論齋詞》中，董士錫爲江承之作了幾闋詞，如作於嘉慶五年的〈長亭怨慢〉「感逝有作」，此年正是江承之逝世之年，其詞曰：

又催動，傷離情緒，逝水年華，暗教輕誤，莫憶天涯，長空回首，欲飄絮，海棠開早，待不到，斜陽暮，多少落花風，珍重也，相思一縷。

何據，筭憑闌悵望，賸有新愁無主，踏青春晚，更休說，鳳鞿歸路，千萬點，細雨聲中，好分付，飛紅來去，只落得綠陰，深裏烏啼樹樹。〔註82〕

以及同作於嘉慶五年的〈暗香〉「庭中桂華盛開，因憶往歲偕亡友江安甫吳山之游，感而賦此」：

廣寒舊影，想故人去後，秋山塵冷，滿地綠陰，暗憶招涼步芳徑，前度題襟未遠，空回首，相思誰省，早付與，酒醒黃昏，和月帶烟暝。

夜永，正寂靜，筭只有亂螿，還共淒咏，風簾露井，飛入疎香伴清境，無奈華年似水，殘夢斷，金波千頃，便取次，開遍也，舊游難證。〔註83〕

從兩闋詞中，可感受到董士錫對亡友的思念，在文字和意象上的取捨上也較爲淒清疏冷，以〈暗香〉爲例，「無奈華年似水」顯示其對

〔註81〕同上註。
〔註82〕《續修四庫全書》（上海：上海古籍出版社，1995年），冊1726，頁25～27。
〔註83〕《續修四庫全書》（上海：上海古籍出版社，1995年），冊1726，頁25～27。

時光逝去的不捨，過去和朋友相伴，一同出遊，如今朋友已逝，作者的主觀意識中，外在的意象呈現「秋山塵冷，滿地綠陰」，憶及過往，和逝者的互動似乎在不遠之前，「酒醒黃昏，和月帶烟暝」，除了說明作者飲酒之外，也將時間推移至晚上；夜晚，除了蟋蟀聲，一片寂靜，伴隨著庭中盛開的桂花，及桂花香氣，這樣的情境應是十分美好，但「無奈華年似水，殘夢斷」，和承之遊吳山，已成過往。從〈長亭怨慢〉中，也可看到相似的詞語，如「逝水年華」、「長空回首」、「只落得綠陰」，對於承之的早逝，惋惜之情溢於言表。除了以上所舉的兩闋詞，作於嘉慶七年的〈滿庭芳〉「夢江安甫」，同為對友人的悼念之作：

> 鶗鴂歌殘，琵琶響斷，三年一樣傷神，不勝清夢，夢裏更逢君，苦恨無情花柳，江南路，惹遍春痕，東風外，落紅如海，何處與招魂。
> 重門，簾幌靜，還聽夜雨，共把離尊，甚閒愁千斛，都隔香塵，凝想來時宮闕，相將見，細覓前因，樓頭月，筭教長好，消受幾黃昏。〔註84〕

另外，董士錫有〈祭江安甫文〉，對於友人的逝世有深切的不捨。

對於江承之的早逝，其師張惠言也感到惋惜和哀痛，有多篇文章提及江承之，如〈安甫遺學序〉：

> 右凡三卷，歙童子江承之安甫撰，安甫生十四年而學，學四年，年十有八，正月一日殤于京師，其學好鄭氏禮、虞氏易，非二家之說猶泥芥也，其志以為易亡于唐，禮晦于宋，傳且數百年。〔註85〕

〈虞氏易變表序〉：

> 虞氏易變表，亡生江承之安甫所作也，安甫受易三年，從余至京師，乃作此表，其義例，屢變益審，故為完善，自

<hr />

〔註84〕 《續修四庫全書》（上海：上海古籍出版社，1995年），冊1726，頁25～27。

〔註85〕 【清】張惠言：《茗柯文編》，《續修四庫全書》（上海：上海古籍出版社，1995年），冊1488，頁551。

鼎以下十五卦未成，安甫死之。〔註86〕

〈說江安甫所鈔易說〉：

> 凡余所著易說，安甫手寫者，虞氏義九卷，消息二卷，禮
> 二卷，事二卷，候一卷，鄭荀義三卷，緯略義三卷，共裝
> 爲八本，唯別錄十七卷，未及寫而安甫死矣。余以嘉慶丙
> 辰至歙，居江邨江氏，明年余書稍稍成，時余之甥董士錫
> 從余，與安甫年相及，相善，竝請受易，各寫讀之，所居
> 橙陽山，門前有小池，夫渠盈焉，時五六月間，每日將入，
> 兩生手一冊，坐池上解說，風從林際來，花葉之氣掩冉振
> 發，余於此時心最樂。其冬，士錫歸常州，學以不能竟，
> 而安甫明年從余至浙文，明年遂從余北來，兩年之間非疾
> 病未嘗一日不寫此書，蓋能通者十五卷矣，嗚呼，余爲此
> 書，好之者安甫耳、士錫耳，士錫敏于安甫，而精專不如，
> 又不竟以去，安甫爲之幾成而竟死，後之人其況有傳吾書
> 者耶，雖有之，其于吾也奚所樂于其心，故哀安甫所寫爲
> 一帙，時時覽觀，以寄余之悲焉。安甫幼時，不喜學作字，
> 故其爲書，速而拙，比來京師，乃自恨，學顏魯公大字，
> 筆力勁整可愛，安甫死之十日，夢于余曰，請讀書禮乎、
> 易乎，余呼之如平生，曰二，汝乃今爲鬼，安所事禮，順陰
> 陽，時消息幾以奠汝游魂，安甫諾而去，自是未嘗與吾夢接
> 也，嗚呼，安甫其尚不忘于茲耶，嗚呼，可哀也已。〔註87〕

江承之十四歲從學張惠言，學四年，十八歲時卒，學好鄭氏禮、虞氏
易，是張惠言不可多得的易學傳人，和董士錫同時問學，張惠言憶及
過去這段授業時光，有以下的描述：「余以嘉慶丙辰至歙，居江邨江
氏，明年余書稍稍成，時余之甥董士錫從余，與安甫年相及，相善，
竝請受易，各寫讀之，所居橙陽山，門前有小池，夫渠盈焉，時五六
月間，每日將入，兩生手一冊，坐池上解說，風從林際來，花葉之氣

〔註86〕同上註，頁 552。
〔註87〕【清】張惠言：《茗柯文編》，《續修四庫全書》（上海：上海古籍出
　　　　版社，1995 年），冊 1488，頁 552。

掩冉振發，余於此時心最樂」，然而，士錫「歸常州，學以不能竟」，承之「爲之幾成而竟死」，張惠言甚感惋惜，對於江安甫之學和董晉卿相比，張惠言認爲「士錫敏于安甫，而精專不如」，對江承之評價甚高。

此外，張惠言尚有〈江安甫葬銘〉、〈祭江安甫文〉、〈告安甫文〉三首，從中更可看出張惠言和江承之的深厚情感，如〈江安甫葬銘〉：

> 安甫於世事無所嗜，獨好治經，於世之人無所悅，獨好余，
> 唯余言是從，飲食寢處必余依，暫去余皇皇若無所稅。〔註88〕

以及〈祭江安甫文〉，情感生動，茲全引如下：

> 嗚呼，爾有父母，爾有弟兄，棄愛割慈，從吾北征，爾之
> 從吾，如影依形，爾之聽吾，如響荅聲，嗚呼，夫孰使爾
> 志之卓而忘其道之艱，夫孰使我愛之篤而忘其體之孱，是
> 豈有冥冥者爲之，而吾與爾皆會其適然，嗚呼，出之幃房
> 之內而置之風雪之區，又不能時其寒燠，而使隕其軀，是
> 得謂之命乎，時余之辜斯已矣，嗚呼，死者有知，當求康
> 成仲翔氏於地下而師之，爾奚羨乎永生，而吾之愧憾以悔
> 悲不見爾學之成者，其將終古而無窮也耶，尚饗。〔註89〕

對於承之的早逝，除了因爲深厚如形影不離般的師徒情感而哀慟，張惠言同時也憐其學之不及成。江承之雖然年僅十八，但從董士錫、張惠言的文章，可感受到其才華和師友對其的不捨。

四、小結

董士錫終生未仕，客遊四方，但交友廣泛，文學、易學成就斐然；其家族淵源自武進前街董氏，在文學、仕宦上表現突出，代有人才，且有不少詞人；其祖母錢純出身望族，爲「東林八君子」之一的錢一本之後，家學底蘊深厚，對董士錫的家教起了深遠的影響，同時，張惠言、張琦兄弟也多受到錢純的照顧，董士錫奉祖母之命

〔註88〕同上註，頁556、557。
〔註89〕同上註，頁556、557。

至安徽歙縣向張惠言問學，對於其學問的成就助益甚深；董士錫父親董達章雖落拓無遇，但「嗜詩，爲半野堂集數千首」，惜作品現皆不存；同門友人江承之於易學有所得，爲張惠言所重，惜其早逝，不及成一家之說。

　　董士錫與友人的書信、交誼紀錄不多，其〈家譜敘〉、〈祖妣錢孺人行略〉對於家族歷史的追述及祖母的記載詳盡，筆者結合董士錫的生平、家世源流、家庭交遊，希望從有限的資料，拼湊出董士錫的人生面向。

第三章　董士錫的詞學思想在常州詞派裡的作用

　　根據第二章的論述，可知董士錫和張惠言的關係匪淺，董士錫除了為張惠言的弟子，同時也為張惠言的外甥，其母張達闓為張惠言長姐；另一方面，其祖母錢純為董士錫聘張惠言之女為妻，因此也為張惠言女婿，同時具有弟子、外甥、女婿三層關係。儘管關係密切，但兩人的相處時間不多，嘉慶二年，董士錫十六歲時，奉祖母之命至安徽歙縣向其舅氏張惠言、張琦學習，嘉慶三年，張惠言離開歙縣至京師，嘉慶七年，張惠言卒，雖然確切時間難考，但董士錫向張惠言問學時間僅一年多〔註1〕，張惠言去世時，年僅四十二，此年董士錫才二十一歲，並未有更多認識張惠言的機會。

　　除了在安徽歙縣這段時間之外，從董士錫的著作及其他記載未能找到張惠言與董士錫有更多接觸的可能，另外，根據《齊物論齋文集》裡的幾篇文章，董士錫述及張惠言的學術，多著墨於易學成就，如〈張

<hr>

〔註1〕董士錫〈江承之傳〉提到：「先生余舅氏也，嘉慶紀元之初，余與承之皆從學，遂相友善」，董士錫於嘉慶初年已至安徽歙縣，張惠言也於此年至歙，嘉慶三年夏張惠言離開歙縣至杭州，又〈祖妣錢孺人行略〉提到：「士錫季十六，太孺人命負笈從舅氏遊……學兩季歸」，董士錫向張惠言問學的時間，應為一年多到兩年左右。

氏易說後敘〉：

> 先生初學爲詞賦古文，既成，以爲空言，未足以明道，乃
> 進求諸六經，取漢諸儒傳注讀之，尤善鄭氏禮，盡求鄭氏
> 書，得其易注，善其以易說禮，而其注殘闕不備，乃更求
> 諸易家言，于唐李鼎祚周易集解，得所引虞氏注文，稍完
> 具，遂深思天人之際，性命之理。……蓋不通乎天道，則
> 禮樂法度猶器也，習之而不可以損益也，不明乎人事，則
> 日月寒暑之數猶術也，知之而不可以守執也。先生既思著
> 書以致天下之用，而又以爲天人之道莫備于易。〔註2〕

由董士錫的這段論述可以顯示，張惠言雖然也學詞賦古文，但終究是旁支，因其「未足以明道」，於是進求諸經，於鄭氏禮、虞氏易深有所得，其學的宗旨在於通經致用，「不通乎天道，則禮樂法度猶器也，習之而不可以損益也，不明乎人事，則日月寒暑之數猶術也，知之而不可以守執也」，不具備致用的精神，則禮樂法度、日月寒暑之數皆爲無用，而通於天人之道的管道，「莫備于易」，是以其學要旨以《易》爲重。在〈張氏易說後敘〉文末，董士錫寫道：「其甥董士錫嘗受易于先生者也」，除了提及易學成就，董士錫更自述己身所學《易》承自張惠言，相較之下，所謂的詞、賦、古文，僅一筆帶過，由此顯示不論張惠言或董士錫，皆著重經學。

儘管兩人皆以經學爲重，但兩人對後世的影響並不侷限於經學，如張惠言同時爲陽湖文派和常州詞派的奠基人，其視爲「空言」、「未足以明道」的旁學反而爲後世所推崇，又如董士錫，包世臣評其賦爲「閎廓幽窈」，評其古文爲「渾深有作者之意，雖沿用桐城方望溪、劉才甫之法，而氣力遒健能自拔」，沈增植《菌閣瑣談》評其詞爲「應徽按柱，斂氣循聲，興象風神，悉舉騷雅古懷，納諸令慢」，於詞學之道，別有會心。

嘉慶、道光年間的學術氛圍，已漸漸由乾隆年間專治考據的乾嘉

〔註2〕【清】董士錫：《齊物論齋文集》，《續修四庫全書》（上海：上海古籍出版社，1995 年），冊 1507，頁 297。

學派，轉向研治今文經學達到通經致用的學術取向，在清廷的高壓文網稍減，及社會疲敝日益嚴重的環境下，文人著重於經學之用，以治世的精神，發以爲文；而文人輩出的常州地區，在清代爲常州學派、常州詞派、陽湖文派的發祥地，爲當時學風改變的指標，在這樣的背景下，常州詞人不論作詞或對於詞的闡述，其中所寓涵的精神與浙派末流有著顯著區分。張惠言爲同時或後學的常州文人所推尊，即使其對於詞或許沒有太深的成一家之說意識，或爲歷史之偶然成爲常州詞派的奠基者，但其以深厚的經學根柢，基於政治、社會環境而對現實提出不平之鳴，其對於詞的見解恰巧成爲詞學評論，另外，從董士錫的《齊物論齋文集》中，可歸納出董士錫的詞學思想，而這樣的看法與張惠言或合或否，可推測兩人之間可能存在的影響和聯結，至於常州詞派發揚者周濟，則是有清楚的文統意識，形成張惠言→董士錫→周濟這樣的線性脈絡。以三者的著作爲主軸，歸納出三人對於詞的看法，從中分析這條線性脈絡的詞學觀演變，探析從張惠言到周濟之間常州詞派理論的演進，及董士錫的居中作用，爲本章重點。

第一節　常州詞派奠基者——張惠言的詞學思想

張惠言，字皋文，武進人。少受易經，即通大義。年十四爲童子師，修學立行，敦禮自守，人皆稱敬。嘉慶四年進士，時大學士朱珪爲吏部尚書，以惠言學行特奏改庶吉士，充實錄館纂修官。六年，散館，改部屬，珪復特奏授翰林院編修。七年卒，年四十有二。惠言少爲詞賦，擬司馬相如、揚雄之交。及壯，又學韓愈、歐陽修。生平精思絕人，嘗從歙金榜問故，其學要歸六經，而尤深易、禮，著有周易虞氏義、虞氏消息。〔註3〕

龍沐勛〈論常州詞派〉：

〔註3〕　清史稿校註審查委員會：《清史稿校註》（台北：國史館，1990 年），冊十四，頁 11078。

> 迨張氏《詞選》刊行之後，戶誦家絃，由常而歙，由江南
> 而北被燕都，更由京朝士大夫之聞風景從，南傳嶺表，波
> 靡兩浙，前後百數十年間，海內倚聲家，莫不沾溉餘馥，
> 以飛聲於當世，其不爲常州所籠罩者蓋鮮矣。〔註4〕

從上述中，可看出繼浙派而興的常州詞派，導源於張氏兄弟，因爲《詞
選》的刊行，傳播甚廣，「由常而歙，由江南而北被燕都，更由京朝
士大夫之聞風景從，南傳嶺表，波靡兩浙」，且時間上歷時久遠，從
嘉慶年間至民國以後，後學無論在創作上或對於詞的論述多有涉及常
州詞派的主張，影響深遠。

張惠言雖爲後世尊爲常州詞派開創者，但本人沒有顯著的開宗立
派意識，《詞選》的編纂，僅爲安徽歙縣金氏子弟的教材，但這樣的
教材卻成爲常州詞派詞學理論的根基，欲探討此現象，須探析常州文
人的思想，如常州今文經學的興盛、文人們針對政治現實尋求於考據
學之外的可能性、通經致用的思維模式，眾多因素促成常州詞派的形
成，不僅只是因爲張惠言於嘉慶二年編選《詞選》而成。欲探求張氏
的詞學思想，除了注意《詞選》本身的存在意義，嘉慶二年前，常州
文人的思想意識同樣也值得注意。筆者欲探討《詞選》編纂之前，常
州文人的思想歸趨，及《詞選》的成書意義，以〈詞選序〉爲核心，
研析張惠言具體的詞學思想和內在理路，理解其《詞選》的指導作用。

一、《詞選》編纂之前──常州文人的思想歸趨

常州詞派的興起，前人研究多以《詞選》的編纂爲起始，時間爲
嘉慶二年（1797 年），但思想上的構成並非一蹴可幾，在此之前已經
開始醞釀，直到適當的時機點化爲具體的成果，陸繼輅〈冶秋館詞序〉
提到：

> 僕年二十有一始學爲詞，則取鄉先生之詞讀之，迦陵、彈
> 指，世所稱學蘇辛者也，程村、蓉渡，世所稱學秦柳者也，

〔註4〕龍沐勛：〈論常州詞派〉，龍榆生：《龍榆生詞學論文集》（上海：上
　　　海古籍出版社，2009 年），頁 422～423。

已而讀蘇辛之詞則殊不然，已而讀秦柳之詞，又殊不然，
心疑之以質先友張皋文，皋文曰：「善哉，子之疑也，雖然，
詞故無所爲蘇、辛、秦、柳也，自分蘇、辛、秦、柳爲界，
而詞乃衰，且子學詩之日久矣，唐之詩人四傑爲一家，元
白爲一家，張王爲一家，此氣格之偶相似者也，家始大於
高岑，而高岑不相似，益大於李杜，而李杜不相似，子亦
務求其意而已矣，許氏云：意内而言外謂之詞，凡文辭皆
然，而詞尤有然者。」僕乃益取溫庭筠、韋莊以至王沂孫、
張炎數十家讀之，微窺其所以不能已於言之故。而同時又
有皋文之弟宛鄰、及左杏莊、惲子居、錢季重、李申耆、
丁若士、家劭文相與引伸，張氏之說，於是盡發。溫庭筠、
韋莊、王沂孫、張炎之覆，而金元以來俚詞、淫詞呌嚻蕩
佚之習一洗空之，吾鄉之詞始彬彬盛矣。自是二十餘年，
周伯恬、魏曾容、蔣小松、董晉卿、周保緒、趙樹珊、錢
申甫、楊劭起、董子詵、董方立、管樹荃、方彥聞，又十
數輩皆溺苦爲之，其指益深遠，而言亦益工，文駸駸乎駕
張氏而上，而倡之者則張氏一人之力也。〔註5〕

陸繼輅生於乾隆三十七年（1772 年），文中提到二十有一始學爲詞約
爲乾隆五十七年（1792 年），在《詞選》編纂之前（1797 年）。文章
開始提到「迦陵、彈指，世所稱學蘇辛者也，程村、蓉渡，世所稱學
秦柳者也，已而讀蘇辛之詞則殊不然，已而讀秦柳之詞，又殊不然，
心疑之以質先友張皋文」，迦陵、彈指爲陳維崧、顧貞觀，程村、蓉
渡爲鄒祇謨董以寧，在詞壇風氣以豪放、婉約的簡單二分下，前兩者
被歸類爲近於蘇軾、辛棄疾的豪放，後兩者則是近於秦觀、柳永的婉
約，陸繼輅不解於此，向張惠言提出質疑。張惠言答到：「詞故無所
爲蘇、辛、秦、柳也，自分蘇、辛、秦、柳爲界，而詞乃衰」，對於
世人多以詞家分界，張惠言認爲是詞學衰敝之由，並輔以唐代詩人的
例子，雖然世人多以高適、岑參爲邊塞派詩人，李商隱、杜牧爲唯美

〔註5〕　【清】陸繼輅：《崇百藥齋續集》，《續修四庫全書》（上海：上海古
　　　　籍出版社，1995 年），冊 1497，頁 80。

派詩人，但兩兩相較，仍是不盡相同，因此，張惠言認爲「務求其意而已矣，許氏云：意內而言外謂之詞，凡文辭皆然，而詞尤有然者」，論詞不應以人爲區分的派別做取捨，而是應求其意，並舉漢代許慎《說文解字》之釋「詞」說明其主張，而詞這樣一特殊的文體，於意內言外之旨尤能充分發揮。

在張惠言不以詞家風格爲取捨基準、論詞重「意」的宗旨下，陸繼輅取溫庭筠、韋莊以至王沂孫、張炎數十家讀之，範圍恰爲五代至南宋，相較於早先的詞派，如雲間詞派崇南唐、北宋詞，陽羨詞派崇蘇軾、辛棄疾，浙西詞派崇姜夔、張炎，以「意」爲重，不主一格，合五代兩宋觀之，這樣的思想無疑較爲通徹。值得注意的是，王沂孫也被納入詞家之列，標示著其在常州詞派裡的地位，也爲後來的常州詞人所推崇，事實上，王沂孫的詞自南宋末至清代的接受有著很大的起伏變化，張宏生在〈創作的厚度與時代的選擇——王沂孫詞的後世接受與評價思路〉提到：

> 在詞學批評史上，王沂孫詞的昇沈起伏是值得探討的一個問題，在詞話系列裏，他的詞在宋金元明都基本上無人提及，直到清初沈雄《古今詞話》，才引朱彝尊《詞綜》，做出一定的評價，但到了晚清陳廷焯的《白雨齋詞話》，就給了他「詩中之曹子建、杜子美」的地位……他指出：「南宋詞人，感時傷事，纏綿溫厚者，無過碧山。」〔註6〕

王沂孫的詞至清代受到高度重視，朱彝尊爲關鍵人物，由於《樂府補題》的重新刊刻：由汪森購入，朱彝尊亟錄之且攜至京師，再由蔣景祈刊刻，使得唱和、詠物詞之風大盛，而後至周濟、陳廷焯等人，王沂孫的地位益顯重要。

〈冶秋館詞序〉後續提到「而同時又有皋文之弟宛鄰、及左杏莊、惲子居、錢季重、李申耆、丁若士、家劭文相與引伸，張氏之

〔註6〕 張宏生：〈創作的厚度與時代的選擇——王沂孫詞的後世接受與評價思路〉(《詞學》，2010 年 01 期)，頁 141～154。

說，於是盡發」，顯示當時除了張氏兄弟之外，尚有惲敬、李兆洛、
丁履恆等人的羽翼，「自是二十餘年，周伯恬、魏曾容、蔣小松、董
晉卿、周保緒、趙樹珊、錢申甫、楊劻起、董子誐、董方立、管樹
荃、方彥聞，又十數輩皆溺苦爲之，其指益深遠，而言亦益工，文
駸駸乎駕張氏而上，而倡之者則張氏一人之力也」，自嘉慶初至道光
年間，由於後繼者的持續闡發，使得張氏的主張日益爲人重視。經
由上述，可了解到常州詞派初期的傳播圈成員，而這些同道的關係，
多根植於同鄉或是親族聯結，徐楓《嘉道年間的常州詞派》，將初期
的成員關係歸納爲「同道、同鄉、親戚、師生」，對於同道的定義，
有著以下的闡述：

> 在政治上，這一群體的觀念相對進步，他們主張通經致用，
> 振衰救弊，在嘉道年間屬有識之士一類。……在學術上，
> 他們多爲學者出身，都是具有高度文化修養的學人，從張
> 惠言到馮煦、譚獻等，都是治今文經學的大師。張惠言是
> 學者，惠棟一派「漢學」之新秀，治《易》大師，在其麾
> 下的還有經學業師宋翔鳳、經學公羊學大師劉逢祿、精究
> 虞氏《易》的董士錫、以「治易、春秋」著稱的莊域。他
> 們以張惠言爲中心，形成了同道一脈。其中許多人既是詞
> 人，又是詞學家，他們多不甘於八股制藝、考據詞章，而
> 欲以《詩》、《騷》之傳統改變詞壇流弊。〔註7〕

除了政治、學術、地緣上的關係，親族和師生聯結也爲常州詞派傳承
的重要環節，如董士錫既爲張惠言的弟子，同時也爲張惠言的外甥、
女婿，親族之間的錯綜關係在清代對於學術傳承上尤其有著重要意
義，如美國學者艾爾曼〈中華帝國晚期江南地區的學派與宗族制度〉
所提到：

> 歷史學者不應將士大夫與他們所處的社會環境割裂開來，
> 學術史學者也不應忽略中國社會宗族共同體的複雜結構，

〔註7〕　徐楓：《嘉道年間的常州詞派》（台北：雲龍出版社，2002 年），頁
160～161。

儒學家們不能憑空杜撰出一套政治文化圖式。他們的精神
形態鑲嵌在廣泛的、以宗族血緣紐帶爲核心的社會結構
中。……文化資源主要集中用于宗族的形成與發展。〔註8〕

如常州莊氏、劉氏家族、左氏家族，透過家學的傳承，掌握社會的文
化資源，確保宗族子弟在科舉中能取得良好表現，藉以維持其社會地
位和經濟利益，又如董士錫雖然家境清貧，但祖母仍勉以前人學行，
勵其向學，命其向張惠言求教，董家、張家同時也是姻親關係，這樣
的宗族意識在人文風氣濃厚的常州更是文化傳承的重要環節。

除了陸繼輅的〈冶秋館詞序〉，從他人著作中亦可看到常州詞人
對於詞家的取捨，吳德旋〈張宛鄰先生述〉：「詞則由趙宋諸名家以上
溯溫飛卿、韋端己〔註9〕」，及張琦次子張曜孫爲其父所作〈先府君行
述〉：

> 爲詞則取法於周邦彥、張炎之徒以上溯溫庭筠、韋莊，館
> 歙金氏時，諸生多好詞，乃與伯父錄李白以下數十家爲《詞
> 選》。〔註10〕

相較浙西詞派論詞偏重南宋，常州詞人對於詞家的取捨較爲廣泛。

二、《詞選》的編纂——〈詞選序〉的指導意義

嘉慶初年至嘉慶三年，張惠言客安徽歙縣金榜家中，爲金氏子弟
編纂了《詞選》，選詞四十四家一百一十六首，原來僅僅爲金氏子弟
之教材，卻成爲影響後世深遠的一部選本。張琦〈重刻詞選序〉提到：

> 嘉慶二年，余與先兄皋文先生同館歙金氏，金氏諸生好填
> 詞，先兄以爲詞雖小道，失其傳且數百年，自宋之亡而正聲
> 絕，元之末而規矩隳，窔奧不闢，門戶卒迷，乃與余校錄唐

〔註8〕 【美】艾爾曼：《經學、政治和宗族——中華帝國晚期常州今文學派
　　　　研究》（江蘇：江蘇人民出版社，2005年），頁4。

〔註9〕 【清】張琦：《宛鄰集》，《續修四庫全書》（上海：上海古籍出版社，
　　　　1995年），冊1486，頁198。

〔註10〕 【清】張琦：《宛鄰集》，《續修四庫全書》（上海：上海古籍出版社，
　　　　1995年），冊1486，頁205。

> 宋詞四十四家凡一百十六首爲二卷以示金生，金生刊之，而
> 歛鄭君善長，復錄同人詞九家爲一卷，附刊于後版存于歛，
> 同志之乞是刻者，踵相接無以應之，乃校而重刊焉，嗚呼，
> 憶余同先兄選此詞，迄今已三十四年，而先兄沒已二十九年
> 矣，當時之樂，豈復可得，今日之悲其何能已，是選先兄手
> 定者居多，今故列先兄名，而余序之云爾。〔註11〕

金榜爲知名經學家，張惠言有〈祭金先生文〉〔註12〕，兩人交情頗深，
張惠言爲金氏諸生所校錄的《詞選》，因詞「失其傳且數百年，自宋
之亡而正聲絕，元之末而規矩隳」，欲導正其風。值得注意的是，《詞
選》初編於嘉慶二年，但至道光十年才如〈重刻詞選序〉所說：「同
志之乞是刻者，踵相接無以應之」，因此而重刊。從嘉慶二年（1797
年）至道光十年（1830 年），中經三十四年，而張惠言卒於嘉慶七年
（1802 年），距道光十年已逝二十九年，《詞選》影響之遠，可見一
斑。文中所提到的鄭善長，爲張惠言、張琦弟子，有《詞選附錄》一
卷，序文曰：

> 詞選刻既成，余謂張子，詞學衰且數百年，今世作者寧有
> 其人耶，張子爲言，其友七人者，曰惲子居、丁若士、錢
> 黃山、左仲甫、李申耆、陸祁生、黃仲則，各誦其詞數章，
> 曰此幾于古矣，余以爲當今海內之士有能爲詞者，不止此
> 七人，七人者之詞不止此數章，然要以後世必傳此七人者
> 之詞，其有繼此而選者必不遺此數章則可知已矣，因比而
> 錄之，益以張子之詞爲九家，金子彥、朗甫者，學于張子，
> 爲詞有師法，又次錄焉，嗚呼，諸君子之于古也，則既不
> 謬矣，余之所爲其不謬于諸君子否耶，聊著數章以自考焉，
> 凡爲一卷，附詞選之後。〔註13〕

〔註11〕【清】張惠言：《詞選》，《續修四庫全書》（上海：上海古籍出版社，
　　　　1995 年），冊 1732，頁 535。
〔註12〕【清】張惠言：《茗柯文編》，《續修四庫全書》（上海：上海古籍出
　　　　版社，1995 年），冊 1488，頁 568～569。
〔註13〕同註11，頁 550、536。

由此亦可見常州詞人初期的成員，鄭善長以惲敬、丁履恆、錢季重、左輔、李兆洛、陸繼輅、黃景仁、張惠言、張琦，以及金式玉、金應珹和己作，共十二家詞，附於《詞選》後。值得注意的是，十二家之中的黃景仁、左輔等皆長於張惠言，詞作也被列入十二家之選。

　　張惠言具體的詞學論述表現於〈詞選序〉，由這篇序文奠定常州詞派的理論根基，其中的意識體現常州詞人的論詞宗旨和時代環境下的思想歸趨，使得後學得以依歸、發展或反省，其文曰：

> 詞者，蓋出于唐之詩人，採樂府之音，以制新律，因繫其詞，故曰詞，傳曰，意內而言外謂之詞，其緣情造端，興于微言，以相感動，極命風謠里巷男女哀樂以道賢人君子幽約怨悱不能自言之情，低佪要眇以喻其致，蓋詩之比興，變風之義，騷人之歌，則近之矣。〔註14〕

詞的起源眾說紛紜，大致上可追溯至唐代胡夷里巷之曲，文人為這些聲情繁複的新樂所作的歌詞。從上面敘述，我們可約略歸納出兩個重點，一為張惠言的尊體意識，二為詞的特色、功能，兩點相輔而成，構成張氏的詞學思想。

　　將詞上溯《詩經》、《楚辭》，認為詞可以有《詩》、《騷》的意涵，並非始於張惠言，如朱彝尊〈紅鹽詞序〉：「善言詞者假閨房兒女之言，通之于《離騷》變雅之義〔註15〕」，又如厲鶚〈臺雅詞集序〉：

> 詞源於樂府，樂府源於詩。四詩大、小雅之材，合百有五，材之雅者，風之所由美，頌之所由成。由詩而樂府而詞，必企夫雅之一言，而可以卓然自命為作者。〔註16〕

歷來詞多被視為小道、雕蟲小技，這樣的意識根深蒂固，鮮有人能徹底跳脫這樣的框架，但清代詞家已從不同的闡釋角度，去論述詞也能具有《詩》、《騷》的傳統儒家意識。儘管每個詞家的闡述方式及所欲

〔註14〕同註11，頁550、536。
〔註15〕【清】朱彝尊：〈紅鹽詞序〉，《曝書亭集》（台北：世界書局，1964年），頁487～488。
〔註16〕【清】厲鶚：《樊榭山房集》（上海：上海古籍出版社，1992年），中冊，頁755。

達成的目的不同，如厲鶚〈羣雅詞集序〉的宗旨爲倡「雅」，但藉由將歌筵酒席間的曲子詞，比附中國文學所推尊的根源，無疑地使清代的詞較前代受到重視。另一方面，「尊體」意識也非由張惠言首開之先，早自清初諸家，即有不同的「尊體」表現，如陽羨詞派領袖陳維崧，蔣景祁評價其爲：

> 讀先生之詞者，以爲蘇、辛可，以爲周、秦可，以爲溫、韋可，以爲左、國、史、漢、唐宋諸家之文亦可。蓋既具什伯眾人之才，而又篤志好古，取裁非一體，造就非一詣，豪情豔趨，觸緒紛起，而要皆含咀醖釀而後出，以故履其閾，賞心洞目，接應不暇，探其奧，乃不覺晦明風雨之眞移我情。噫，其至矣。〔註17〕

蔣景祁認爲陳維崧的詞除了不主一家，甚至具有於傳統上被認爲是「載道」的《左傳》、《史記》、唐宋之文等內涵，而陳維崧自己於〈今詞苑序〉的著名觀點：「天之生才不盡，文章之體格亦不盡」、「爲經爲史，曰詩曰詞，閉門造車，諒無異轍」，泯除了文體的高低之別，將詞與經、史同列，「尊體」意識顯著。

此外，如王士禎《倚聲初集》：「大抵世代升降不同，而聲音之道則一……後之作者，將由聲音之微，以進求夫六義之正變〔註18〕」，從聲音之道的角度論文學流變，則文學體制雖有不同，其道理則一，上溯其源，可推及《詩》六義之旨。又如顧貞觀友人魯超所撰的〈今詞初集題辭〉：

> 吾友梁汾常云：詩之體至唐而始備，然不得以五七言律絕爲古詩之餘也；樂府之變，得宋詞而始盡，然不得以長短句之小令、中調、長調爲古樂府之餘也。詞且不附庸於樂府，而謂肯寄閨於詩耶？〔註19〕

〔註17〕【清】陳維崧：《湖海樓詞集》（台北：中華書局，1966年），1～2。

〔註18〕【清】王士禎：《倚聲初集》，《續修四庫全書》（上海：上海古籍出版社，1995年），冊1729，頁163。

〔註19〕【清】納蘭性德撰，趙秀亭等箋校：《飲水詞箋校》（北京：中華書局，2005年），頁504。

顧貞觀認爲詞極樂府之變，不得說其爲樂府之餘，更不用說爲「詩餘」。以上諸家，以不同的角度詮釋詞之爲體，無論是上溯《詩》、《騷》，與經、史同列，以聲音之道溯源，否定其爲詩餘的解釋等，皆使得傳統上較詩、文不受重視的詞地位提高，有著「尊體」的效果，事實上，「尊體」與其說爲一種具體意識，不如說詞人們在針對詞所作的表述中，所產生的附加價值，清代由於樸學盛行，相對明末之學的空疏，取而代之的是學人之風大盛，對於各種文體、文學理論的重視，縱使仍視詞爲小道，但其中潛藏的「尊體」意識，使清詞的發展得以擺脫元、明兩代的衰頹。

回到張惠言的〈詞選序〉，將詞上溯風騷，和張惠言經學家的背景和時代環境息息相關，但詞的內容該怎樣才能「詩之比興，變風之義，騷人之歌，則近之矣」？張惠言道：「傳曰，意內而言外謂之詞，其緣情造端，興于微言，以相感動，極命風謠里巷男女哀樂以道賢人君子幽約怨悱不能自言之情，低徊要眇以喻其致」，「意內而言外」，將所欲表達的「意」藏於作品的表象後，「興於微言」，使作品的意義透過委婉的方式得到闡發，而這樣的意義是關乎傳統儒家上的政教倫理的，所謂「賢人君子幽約怨悱不能自言之情」，具體而言，關懷時政、救衰起弊，期能對社會有所作爲，如張惠言的〈與左仲甫書〉對人才任用問題的陳述，〈原治〉談禮制，〈吏難〉對吏風敗壞問題的探討，〈與金先生論保甲事例書〉對現行制度的抨擊等，以殷切的入世精神關心時事，至於表現的載體，則是「風謠里巷男女哀樂」，透過傳統上較爲溫柔婉約、內容多爲男女之思的詞，去寄託文人的政教意識，這樣的表現風格是「低徊要眇〔註20〕」的，由這樣的表現內容、

〔註20〕「『要眇宜修』四個字原出於《楚辭·九歌》中的〈湘君〉一篇，原文是『美要眇兮宜修』，王逸注云『要眇，好貌』……所謂『要眇宜修』者，蓋當指一種精微細致富於女性修飾之美的特質。」見葉嘉瑩：《中國詞學的現代觀》（台北：大安出版社，1999 年），頁 75～76。但張惠言所謂的低徊「要眇」應是比較偏向指詞的幽微深婉的寄託之意。

表現方式、表現載體，去溯源《詩》、《騷》的美刺精神，爲張氏論詞的核心。

　　若將張惠言的論詞意識，以簡略的傳播學去分析，可表現爲下圖：

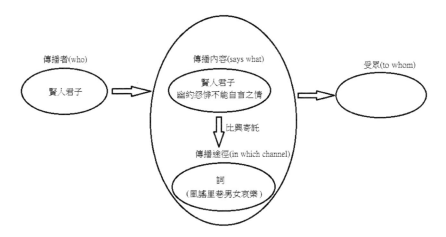

傳播者(who)　　　　傳播內容(says what)　　　　　受眾(to whom)

賢人君子

賢人君子
幽約怨悱不能自言之情

比興寄託

傳播途徑(in which channel)

詞
（風謠里巷男女哀樂）

　　以傳播學的 5W 公式〔註21〕去分析，可知張惠言著重於將文人對於政教倫理的「意」寄託於詞，進而達到低徊要眇的美刺諷諭傳播效果（withwhateffect），傳播者和受眾在〈詞選序〉中則沒有特別的論述。

　　〈詞選序〉續曰：

> 然以其文小，其聲哀，放者爲之，或跌蕩靡麗，雜以昌狂
> 俳優，然要其至者，莫不惻隱盱愉，感物而發，觸類條鬯，
> 各有所歸，非苟爲雕琢曼辭而已。〔註22〕

〔註21〕以拉斯維爾的 5W 公式爲方法，5W 爲誰（Who）、説什麼（Sayswhat）、用什麼途徑（Inwhichchannel）、對誰説（Towhom）、有什麼效果（withwhateffect）。拉斯維爾（HaroldLasswell，1902 年～1978 年），猶太裔學者，二戰期間移居美國，畢業於芝加哥大學，後於耶魯大學任教，爲美國社會科學的先驅。1927 年的博士論文〈第一次世界大戰的宣傳技術〉開啓宣傳研究的先河；1948 年的論文〈傳播在社會的結構與功能〉，構成傳播研究的基本典範。見李金銓：《大眾傳播理論》（台北：三民書局，1983 年），頁 10～19。

〔註22〕【清】張惠言：《詞選》，《續修四庫全書》（上海：上海古籍出版社，1995 年），冊 1732，頁 536。

上述內容闡述詞的特性，且標示著張惠言所認爲的典範。詞的特性歷來學者多有發揮，如繆鉞認爲詞具有「文小、質輕、徑狹、境隱」四個特質，葉嘉瑩〈從中國詞學之傳統看詞之特質〉認爲：

> 這些本無言志抒情之用意，也並無倫理政教之觀念的歌辭之詞，一般而言，雖不免淺俗淫靡之病，但其佳者則往往能具有一種詩所不能及的深情和遠韻。而且在其發展中，更使某些作品形成了一種既可以顯示作者心靈中深隱之本質，且足以引發讀者意識中豐富之聯想的微妙的作用。〔註23〕

至於這種特質形成的原因，葉嘉瑩認爲約有四點，詞隨音樂節奏長短錯綜之美、內容以敘寫美女及愛情爲主、以美女及愛情爲託喻的傳統、士大夫無意中流露的心靈本質，綜上所述，詞之佳者實具有一種幽微深婉的寄意，非僅是風花雪月的歌辭而已。

〈詞選序〉接著爲歷來詞家進行一番爬梳，文曰：

> 自唐之詞人李白爲首，其後韋應物、王建、韓翃、白居易、劉禹錫、皇甫淞、司空圖、韓偓並有述造，而溫庭筠最高，其言深美閎約，五代之際，孟氏、李氏君臣爲謔，競作新調，詞之雜流由此起矣，至其工者往往絕倫，亦如齊梁五言，依託魏晉，近古然也。宋之詞家號爲極盛，然張先、蘇軾、秦觀、周邦彥、辛棄疾、姜夔、王沂孫、張炎，淵淵乎文有其質焉，其盪而不反，傲而不理，枝而不物，柳永、黃庭堅、劉過、吳文英之倫，亦各引一端以取重于當世，而前數子者又不免有一時放浪通脫之言出于其間，後進彌以馳逐，不務原其指意，破析乖刺壞亂而不可紀。〔註24〕

張惠言以李白爲始，列舉自唐至兩宋的詞人，其中，溫庭筠以「深美閎約」的風格，最得推崇。五代時，後蜀後主孟昶，南唐中主李璟、後主李煜和臣子馮延巳以詞爲戲，雖然不乏佳構，但詞在淺斟低唱、偎紅倚翠的環境下，難免較爲柔弱綺靡，風格不振。宋代詞人自北宋

〔註23〕葉嘉瑩：《中國詞學的現代觀》（台北：大安出版社，1999 年），頁 7。

〔註24〕【清】張惠言：《詞選》，《續修四庫全書》（上海：上海古籍出版社，1995 年），冊 1732，頁 536。

張先至南宋張炎，「淵淵乎文有其質焉」，至於柳永、黃庭堅、劉過、吳文英等，亦各有所長，但上述這些詞人「不免有一時放浪通脫之言出於其間」，張惠言擔心後進學詞不求其意，且詞自宋亡後衰頹，未有人振衰起敝，因此編《詞選》，以「塞其下流，導其淵源」，進而達到「無使風雅之士懲于鄙俗之音不敢與詩賦之流同類而風誦之也」，期能發揮匡正指導的作用。

　　探討整篇〈詞選序〉，可得到幾個重點，一為詞的特性為意內言外，文人士大夫透過詞這種風格婉約、內容多男女之思的載體去寄託自己的幽約怨悱之情，因而形成一種低徊要眇的效果，同時也呼應了意內言外之旨，而張惠言所謂的「意」及「幽約怨悱不能自言之情」，關乎儒家政教之旨，我們可從《茗柯文編》中找到許多例證，藉著詞去寄託文人幽微深婉的入世之意，由此達到上溯《詩》、《騷》的作用，這樣的作用，連帶產生「尊體」的附加價值，使詞不只是琢字鍊句、浮華空虛的雕塑物，而是可以寄寓深意的文體。二為對於詞家的論述，自唐至兩宋，皆有涉及，詞家首推溫庭筠，兩宋詞家各有所長，但不免有瑕疵之處，為了指引後進之學，而編錄了《詞選》，期能「塞其下流，導其淵源」。張惠言的詞學思想，尚可見於《詞選》的選詞意識，此處先擱置，留待第四章與《續詞選》一併討論。

第二節　常州詞派開展者——董士錫的詞學思想

　　董士錫的詞學思想，具體表現於《齊物論齋文集》卷二的幾篇敘文中，如〈藤華吟館詩敘〉、〈周保緒詞敘〉、〈餐華吟館詞敘〉等，雖受常州詞派影響，但其中亦可明顯地看到和張惠言論詞的不同之處。董士錫詞學思想的形成過程，雖有可能受到多方面的影響，如張惠言或常州詞派的論詞意識、陽湖文派的思想、嘉慶、道光年間的政治、社會趨勢，但筆者以為，董士錫的詞學思想，還是與個人遭遇和秉性氣質關聯較大。筆者以下將董士錫的詞論分為幾點論述之。

一、「情之所發，跌蕩往反固所不能自已者」——
詞之抒情效果

「情」為董士錫文學思想的整體主軸，由《齊物論齋文集》卷一開宗明義的文章〈原情〉可略窺一端，茲引如下：

> 人之性易節，而情難治，放而後彊之，弗可閑也，以性也者，安而存者也，情也者，感而動者也，故情有七而原於思，思也者，無窮者也，官鄰于物，物接于類，愛生于類，樂始於愛拂于惡怒而窮于哀，無思則無愛，思也者，不可知也。吾未生之初，未嘗有吾受其成形而謂之吾者也，然所謂吾者，其形充吾形而帥之者神也，神也者思之府也，物之于吾類也，而有不類者矣，疾痛疴癢知於身而不能知于人也，是以思類類也者，情之倪也，神構於形而與形為窮而情生焉，與形為窮，與類為窮，而情無窮，是故治情有道，止情于神，理神于形，執中履和而形化焉。〔註25〕

從上引資料，可知董士錫對於「情」的看重，首先提到「人之性易節，而情難治」，「性」是「安而存者」，「情」是「感而動者」，前者為靜態且超然的存在，後者則是接於物的、動態的，而所謂的七情則是根源於「思」，「思」是無窮不被規限的，至於怎樣的過程會產生「情」呢？董士錫於此下了一番解釋：「官鄰于物，物接于類，愛生于類，樂始於愛拂于惡怒而窮于哀，無思則無愛」，官知應於物，而物與物之間成類，透過這樣的興發過程而產生「愛」，屬七情之一，追根究柢，「思」為「愛」的根源；而在人形體未具之時，由「神」引領著所謂的自我，「神」者「思」之府也，為「思」的載體，而人不能沒有「思」，否則不能感物、不能與萬物有所聯繫，如「疾痛疴癢知於身而不能知于人」，因此「思」之感動而生「情」，而「形」、「類」皆有窮，獨「情」之無窮。無窮的「情」必須有所節制，透過「止情于神，理神于形」，最終達到「執中履和而形化焉」的境界，至於具體

〔註25〕 【清】董士錫：《齊物論齋文集》，《續修四庫全書》（上海：上海古籍出版社，1995年），冊1507，頁295。

的治情之道，董士錫於文末提到用禮樂去治之。

　　觀乎董士錫的〈原情〉，實未偏離論情的傳統，或者近於《文心雕龍·明詩》：「人秉七情，應物斯感，感物吟志，莫非自然〔註26〕」，以及《文心雕龍·物色》：「情以物遷，辭以情發〔註27〕」等，但董氏論及形而上的部分，使得「情」有個具體的依據。至於所謂的「情」，在文人日常生活中，透過文體的實踐究竟爲何？董士錫〈周保緒詞敘〉提到：

> 士不能出其懷持以正於世，不得已而取其生平悲喜怨慕之情發而爲文，以見其志，亦非君子之所尚矣。故曰：君子之道，修身以待命，正也，怨非正也。雖然將抑其情而不予之遂邪，抑之不以，其氣慘黯而不舒，其體屈撓而不寧，而偏激躁矜之疾生，故君子之道，不引乎情，不可以率乎禮，蓋及其治心澤身之學既大成，其幾微過中之情，固可以漸而化之，然則吾徒頫仰一世，感慨人已，情之所發，跌蕩往反固所不能自已者也。〔註28〕

文章一開始曰：「士不能出其懷持以正於世，不得已而取其生平悲喜怨慕之情發而爲文」，從這一句我們可以確立董士錫對於文人做人處世的優先次序，理想上必須「出其懷持以正於世」，以自己的學養、襟抱、才能等，對社會有所貢獻，救衰起敝、裨補時闕，這同時也是中國文人一貫的傳統，自《詩》、《騷》而始，文人對於政治、社會的關懷一直是首要考量，但現實環境，文人往往不得志於時，屈居低位，高才低就，如張惠言三十九歲才中進士，董士錫終生清貧、客游四方，又如周濟「舉進士而不得意于有司，感慨悲憤，頗形于色〔註29〕」，文人處於世困頓逆境者眾，如此一來，不能「出其懷持以正於世」，「不

〔註26〕張立齋編著：《文心雕龍註訂》（台北：正中書局，1981年），頁41。
〔註27〕張立齋編著：《文心雕龍註訂》（台北：正中書局，1981年），頁439。
〔註28〕【清】董士錫：《齊物論齋文集》，《續修四庫全書》（上海：上海古籍出版社，1995年），冊1507，頁309～310。
〔註29〕【清】董士錫：《齊物論齋文集》，《續修四庫全書》（上海：上海古籍出版社，1995年），冊1507，頁309～310。

得已」，只能「取其生平悲喜怨慕之情發而爲文」，從「不得已」可看出這是種無可奈何的選擇，由這樣不得已且無奈的選擇「以見其志」，非君子的第一考量，理想中的君子形象，爲「君子之道，修身以待命，正也」，至於所謂的「悲喜怨慕之情」的「怨」，與「修身待命」的「正」相比，是非正的，但非正的情，難道將抑制它不作抒發？董士錫接著說明抑之不予之遂的後果，「抑之不以，其氣慘黯而不舒，其體屈撓而不寧，而偏激躁矜之疾生」，抑情將使得氣慘黯不舒、體屈撓不寧，最後導致偏激躁矜的負面情緒生，即使「悲喜怨慕之情發而爲文」並非君子的首選，但抑之不舒所產生的問題更爲嚴重。

因此，「君子之道，不引乎情，不可以率乎禮，蓋及其治心澤身之學既大成，其幾微過中之情，固可以漸而化之」，前引〈原情〉，即說明以禮治情，此外，如張惠言〈原治〉所言：

> 蓋先王之制禮也，原情而爲之節，因事而爲之防，民之生固有喜怒哀樂之情，即有飲食男女聲色安逸之欲，而亦有惻隱、羞惡、辭讓、是非之心，故爲之婚姻、冠笄、喪服、祭祀、賓鄉相見之禮，因以制上下之分，親疏之等，貴賤長幼之序，進退揖讓升降之數，使之情有以自達，欲有以自遂，而仁義禮智之心，油然以生，而邪氣不得接焉。〔註30〕

情、欲、人之四端皆人所本有，古來制禮，婚姻、冠笄、喪服、祭祀、賓鄉相見之禮等禮俗，上下之分，親疏之等，貴賤長幼之序，進退揖讓升降之數等倫理綱常，目的皆是使情、欲得以疏導，且使四端得以充盈其間。情、欲並非爲惡，而是須要禮治之，〈原治〉後面續道：

> 故曰：禮，止亂之所由生，猶防止水之所自來也，壞國、破家、亡人，必先去其禮，禮不去而風俗隳，國家敗者，未之有也，後之君子則不然，不治其情而罪其欲也，不制其心而惡其事也，令之以政而不知其所由然也，施之以禁而不知其所以失也，民行而無所循習，動而無所法守，不

〔註30〕 【清】張惠言：《茗柯文編》，《續修四庫全書》（上海：上海古籍出版社，1995 年），冊 1488，頁 548～549。

勝其欲而各以知求之，知上之有以禁我也，則各以詐相遁，
有司見其然，於是多爲刑辟以束縛之，條律之煩，至不可
勝數，以治其不幸而不能逃者，其幸而能逃，不抵于法，
則又莫之問也。〔註31〕

張惠言對照今昔之治，認爲「三代以下，所以小治不數見而大亂不止
者也〔註32〕」，其根本在於先王之禮「原情而爲之節」，於民用日常中
深入民心，因此「入之也深，而服之也易〔註33〕」，使得古代君主行
政上「其行之也甚易，其操之也甚簡，而施之也甚博〔註34〕」，對照
清代的政苛刑煩，三代以上的先王之治，無疑地爲張惠言所憧憬，這
與其詞學思想上溯《詩》、《騷》，經學思想窮究虞氏《易》，皆有相通，
以復古之旨求現世之治，以現代眼光看，或許迂腐不切實際，但處於
封建禮教的傳統社會，文人無法從根本上跳脫儒教的價值觀，即使對
於政治、社會有不平之意，但仍然冀望向古典經籍尋求治理之道，通
經以致用。

　　「情」、「欲」問題一直有許多的討論，自宋代理學興盛，理學家
多視「欲」爲「理」的對立面，如北宋理學家周敦頤主張「無欲〔註
35〕」，但至清代的儒者，已能將「情」、「欲」從「理」的對立面解放，
如戴震對於「理」、「欲」的辨析，其認爲「理存乎欲」，只有透過欲
的順導、實踐，才能達乎理，「理也者，情之不爽失也〔註36〕」，且透
過「絜情」之說，使得「情」成爲人與人之間的和諧基礎，簡言之，

〔註31〕　【清】張惠言：《茗柯文編》，《續修四庫全書》（上海：上海古籍出
　　　　　版社，1995 年），冊 1488，頁 548～549。
〔註32〕　【清】張惠言：《茗柯文編》，《續修四庫全書》（上海：上海古籍出
　　　　　版社，1995 年），冊 1488，頁 548～549。
〔註33〕　【清】張惠言：《茗柯文編》，《續修四庫全書》（上海：上海古籍出
　　　　　版社，1995 年），冊 1488，頁 548～549。
〔註34〕　【清】張惠言：《茗柯文編》，《續修四庫全書》（上海：上海古籍出
　　　　　版社，1995 年），冊 1488，頁 548～549。
〔註35〕　【宋】周敦頤：《周子通書》（台北：中華書局，1966 年），頁 4。
〔註36〕　【清】戴震：《孟子字義疏證》，《續修四庫全書》（上海：上海古籍
　　　　　出版社，1995 年），冊 158，頁 24。

適度的「情」是通乎「理」的過程，「無過情無不及情之謂理〔註37〕」。
這樣的重「情」思潮，體現於乾隆、嘉慶而後的思想家，由此，可作
為董士錫「故君子之道，不引乎情，不可以率乎禮」的參考，但董士
錫的思想，主要還是受到張惠言的經學影響，前引張惠言〈原治〉，
對於「禮」和「情」的看法，兩者實為相近。

因此，〈周保緒詞敘〉所謂的「君子之道，不引乎情，不可以率
乎禮，蓋及其治心澤身之學既大成，其幾微過中之情，固可以漸而化
之」，不順導人的情緒，使其有個適當出處，各有所歸，則不能達到
禮的境地，如張惠言〈原治〉所提「先王之制禮也，原情而為之節」、
「使之情有以自達，欲有以自遂，而仁義禮智之心，油然以生」。而
當情得到適當抒發，合於禮，禮的實行一旦成了自然，對於人民是有
「治心」、「澤身」的陶冶效果，使得幾微過中的情緒可漸化，「幾微」
為理學的重要命題，意指極其細微的意念之動，《易》：「幾者，動之
微，吉之先見〔註38〕」，周敦頤《通書》：「誠無為，幾善惡〔註39〕」，
極其微小、不合於「中」的幽微情緒得以化之，呼應了「治心」、「澤
身」的功能論。

除了〈周保緒詞敘〉，從董士錫的文論、詩論中，也可以找到「情」
的論述，如〈亦有生齋文集敘〉：

> 《易》曰言有物，又曰言有敘，夫心有不容閟者，發而為言，
> 言有不容紊者，次而成文，故情文相生，偕于自然。〔註40〕

〈劉冊安詩敘〉：

> 夫人之情有所歸，則易苦而為甘，化憂而為樂，古之人有
> 終身執一藝，而富貴貧賤者皆不足以動之者，豈非有所自

〔註37〕同前註，頁 24～25。
〔註38〕【清】張惠言著，劉大鈞校點：《周易虞氏義》（北京：北京大學出
版社，2012 年），頁 4。
〔註39〕【宋】周敦頤：《周子通書》（台北：中華書局，1966 年），頁 1。
〔註40〕【清】董士錫：《齊物論齋文集》，《續修四庫全書》（上海：上海古
籍出版社，1995 年），冊 1507，頁 307。

適于己者哉。余與冊安，籍同縣，外姻爲中表，游河南始
識之。數觀面相，與論説交契，出儕輩，蓋其爲人，清靜
謹密，接人和，自守不出，言愼，有不得已于言者，自守
介出，言愼，有不得已于言者，惟于詩發之然，猶託諸比
興，撫時感物，切而不迫，故其詩雋而恬，摯而婉，冊安
方忘乎其境之窮，而懃懃爲之，得句自喜。當朋儕間阻，
庭宇闃寂，無與共娛賞，則釃酒烹茗，自酹其詩，不知其
爲悲爲樂也，蓋其情之有以自適于詩而與爲依歸也。〔註41〕

以及〈藤華吟館詩敍〉：

拳拳然可以化驕而爲愿，變鄙而爲儒，蓋其矜氣盡釋，而
本末粲然，詩之至也。〔註42〕

人生於世，難免會有各種情緒充塞胸中，不得不發，藉由詩、詞、文
等文學創作，使人「情有所歸，則易苦而爲甘，化憂而爲樂」、「化驕
而爲愿，變鄙而爲儒」，疏導自身的負面情緒，達到「富貴貧賤者皆
不足以動之者」的境地，不以己身的遭遇而憂愁困頓。董士錫以友人
劉冊安爲例，說明其藉著寫詩，「忘乎其境之窮」，且在孤寂的環境中，
「釃酒烹茗，自酹其詩」，如此風雅的情趣，使人忘懷情緒，因爲「情」
找到了一個適當的抒發管道。

　　董士錫認爲，藉由情的抒發，可以使人的價值不受現實環境限
制，而是操存在己，〈儗詩品序〉曰：

萬物之情不齊，境亦不齊，雖然立德者，德歸之，殉名者，
名隨之，怠者、廢悖者，退賢不肖有不自己致之者乎？天
之所貴，人未必貴，人之所賤，天未必賤，然人之才恆不
若天，其愚者後天數十年而始幾于知天，其不肖者又後數
十年而始從乎賢者之知，其卒也。天之所貴，人莫不貴，
天之所賤，人莫不賤，貴者予之，賤者奪之，得與失有不
自己致之者乎。〔註43〕

〔註41〕同註40，頁309～311。
〔註42〕同註40，頁309～311。
〔註43〕同註40，頁309～311。

董士錫藉此說明人的得與失掌握於己,〈儗詩品序〉後面續道:

> 吾又安知人道之卒可以白于天者,不猶是情之所積耶,嗟
> 乎,一情之積而可以通于天,一言之微而可以顯其情,識
> 者知貴賤之故在此不在彼矣,乃吾又傷夫極百賢豪之心力
> 而莫可回者,一情一言之微,而有以作其轉逐之機也,世
> 有事愈纖,文愈小而情愈工者,敘以問之。〔註44〕

文人可以藉由情的抒發去顯現自身的價值,不受現實處世困頓的影
響,因此董士錫除了認爲詞具有「治心」、「澤身」的功能,更希望藉
此通于天,使其自身人格得到一個完整的實現。

從董士錫的幾篇敘文中,我們可以看到其反覆申說抒情對於自身
的價值和功能,對照其現實的不遇,家道中落、終生清貧、客游四方、
爲他人幕僚,文學的創作在其手裡既然不能實現達則兼濟天下的士大
夫理想,用於獨善其身,排憂解愁,體現自身價值,而不會因爲現實
境遇而「其氣慘黯而不舒,其體屈撓而不寧,而偏激躁矜之疾生」,
或許是無可奈何但也不得不然的結果。另一方面,董士錫同時也是陽
湖文派的重要人物,陽湖文派不廢六朝駢儷,對於韓、歐不亦步亦趨,
除了「文」之外重視「才」與「情」等,和董士錫論詞重「情」可相
互參考,如董士錫於前引〈亦有生齋文集敘〉所言:「夫心有不容閟
者,發而爲言,言有不容素者,次而成文,故情文相生,偕于自然」,
又如曹虹《陽湖文派研究》所提到:

> 陽湖派文人看重「才」的作用,並且把才與情聯系起來,
> 認爲「才自情出」,「情達于才」。就是説,才之大小取決于
> 情之厚薄,蘊結的情感也要靠才氣驅遣,在情與才的雙重
> 作用之下,達到「隨其所發而曼幽坦白、寬通變化之量無
> 不具焉」的藝術境界。〔註45〕

「情」無論是在董士錫的詩、文、詞裡皆爲核心論點之一,但細究起

〔註44〕【清】董士錫:《齊物論齋文集》,《續修四庫全書》(上海:上海古
　　　籍出版社,1995 年),冊 1507,頁 311。
〔註45〕曹虹:《陽湖文派研究》(北京:中華書局,1996 年),頁 92。

來，在詩、文裡，董士錫強調文人之「志」，但在詞的論述上，如〈周保緒詞敘〉，更多的是對於己身情緒的抒發，為文人內心的幽微之情。

另外，和董士錫同時的文人即有注意到晉卿論詞「以情為主」，焦循〈董晉卿榑雅詞跋〉值得參考，茲引如下：

> 詞之有《花間》、《尊前》，猶詩之有漢魏六朝也，其北宋則初盛也，其南宋則中晚也。蓋樂府之義，至唐季而絕，遂遁而歸於詞。南宋之詞漸遠於詞矣，又遁而歸於曲，故元明有曲而無詞。蓋詩亡而詞作，詞亡而曲作。詩無性情，既亡之詩也；詞無性情，既亡之詞也；曲無性情，既亡之曲也。拾枯骨而被以文繡，張朽革而繪以丹青，且刺刺曰吾惡夫人之有性情，但為此枯骨朽革，不亦災怪矣乎？三百篇無非性情，所以可興、可怨、可觀、可群，至宋人始疑其淫奔也而刪之。論詞而欲舍《花間》、《尊前》，不猶王柏之徒欲舉〈桑中〉、〈鶉奔〉之篇，一舉而去之乎？有學究者痛詆詞不可作，余駭而問以故，曰：「專言情則道不足也。」余曰：「然則有道之士必不為詞已乎？」曰：「然。」余因朗誦「碧雲天，黃葉地」一首，而學究乃愀然背唾矣。余徐問曰：「范仲淹何人也？」曰：「有道之士也。」余乃告之曰：「此詞正仲淹所作！」以刻本示之。嗚乎，口不言錢者，其蘊利必深：口不言情者，其好色必甚，惟其能賦梅花，所以成廣平之相業耳。晉卿董先生之論詞，以情為主，適合乎鄙人之見，因營論之，以跋其集。〔註46〕

焦循認為，詞之歷史發展可比擬於詩，《花間》、《尊前》如詩之漢魏六朝，北宋為初唐、盛唐，南宋則為中唐、晚唐，由詩、詞、曲的演變過程，內在關鍵為「性情」，由於「性情」的缺乏，使得詩亡而遁而為詞，詞亡而遁而為曲，少了「性情」之作，無異「拾枯骨而被以文繡，張朽革而繪以丹青」，世人捨本逐末，「惡夫人之有性情」，是為可怪也。焦循以《詩》為例，認為《詩》可以興、觀、群、怨皆由

〔註46〕馮乾編校：《清詞序跋彙編》（南京：鳳凰出版社，2013 年），冊二，頁 836。

於「性情」之故，世人欲捨《花間》，頗有可議之處，焦循還舉范仲淹〈蘇幕遮〉為例，即使世之人公認的名儒也作詞。最後提到晉卿詞「以情為主」，引以為同道。綜上所述，對於「情」的審視和闡述，為研究乾隆、嘉慶而後的文人思想歸趨值得注意的一點。

二、「隱其志意，耑于比興，以寄其不欲明言之恉」──詞之比興寄託

董士錫於〈周保緒詞敘〉提到：

> 周子保緒工于為詞，隱其志意，耑于比興，以寄其不欲明言之恉，故依喻深至，溫良可風。〔註47〕

比興寄託為常州詞派的共體意識，如張惠言「傳曰，意內而言外謂之詞，其緣情造端，興于微言，以相感動」，又如張琦〈古詩錄序〉所言：

> 詩者思也，夫民有喜怒哀樂愛惡之情，有君臣朋友家國身世升沈新故盛衰暌合之感，苟攖其心必動乎情，情動則思，思久而情益深，則纏縣鬱積煩冤悱惻咄嗟而不能自已，一旦身之所接，目之所見，風飄雲浮，日晶月幽，露零霜肅，霆擊電流，崇山重湖，泆溽巘嶇，草木榮枯，蝡蝡動趨，鳥決而飛，獸駭而伏，春秋代故，寒暑迴復，忽若與吾相感觸而有以寓其不能言之情，故詩有六義，一曰興，興者，情與辭比者也，情辭既比，而神理具焉，神以浹其情，理以條其辭也，情辭比，神理具，於是鏗鏘以為音，頓挫以為節，務有以宣其纏縣鬱積煩冤悱惻咄嗟不能已之情，則詩之道畢矣。〔註48〕

張琦這段話可視為張惠言與董士錫思想的折衷，不但指出個人的「喜怒哀樂愛惡之情」，也包含了較為政治、社會層面的「君臣朋友家國身世升沈新故盛衰暌合之感」，內容上較張惠言與董士錫來得全面，

〔註47〕【清】董士錫：《齊物論齋文集》，《續修四庫全書》（上海：上海古籍出版社，1995年），冊1507，頁310。

〔註48〕【清】張琦：《宛鄰集》，《續修四庫全書》（上海：上海古籍出版社，1995年），冊1486，頁183～184。

且張琦對於「比興」的過程描述詳盡，其認爲當人有喜怒哀樂之情或君臣家國之感時，將會擾動其心而動於情，「情動則思，思久而情益深」，而當情愈深厚，「則纏緜鬱積煩冤悱惻咄嗟而不能自已」，張琦於此生動地描述「情」鬱結於肺腑的情狀。

後段，張琦具體地描述文人與自然萬物的相接相觸，從「風飄雲浮，日晶月幽」至「春秋代故，寒暑迴復」等自然時序之景，粹然相遇之而情動於中，以創作寓不能言之情，所謂《詩》六義的「興」，即是當文人有著上述之情，無論是個人喜怒哀樂抑或是君臣家國之感、自然時序之情，將這些難以言喻之情寄寓於文體，「情」、「辭」相比，則「神理具焉」，「神」爲「情」的一種幽微精深的闡釋，爲一種文學作品特有的情韻，「理」爲「辭」的內在理路，使「辭」合於條理、規矩，「情辭比，神理具」，這樣的文學作品能「宣其纏緜鬱積煩冤悱惻咄嗟不能已之情」，使人能將難以言喻的感動表達於文學之中，如此則「詩之道畢矣」。

「情」與「辭」兩者缺一不可，張琦說道：「情不稱其辭則靡辭，不副其情則野然〔註49〕」，並於〈古詩錄序〉最後提到編纂的用意：「導其源流，備其正變，旨義幽隱，輒爲條述，庶無乖以意逆志之義〔註50〕」，從張琦和張惠言的文學思想中，可看到極爲相近之處，如張惠言〈詞選序〉：「詩之比興，變風之義，騷人之歌，則近之矣」、「義有幽隱，並爲指發，幾以塞其下流，導其淵源」，兩者皆冀望以《詩》的正統精神去「導其源流」，闡發幽微，而這樣的目的必須透過比興寄託去實現。

然而董士錫和張惠言雖然兩者對於詞重寄託的看法相近，但寄託的內容卻較爲不同，前引張琦〈古詩錄序〉所提到：「夫民有喜怒

〔註49〕　【清】張琦：《宛鄰集》，《續修四庫全書》（上海：上海古籍出版社，1995 年），冊 1486，頁 184。
〔註50〕　【清】張琦：《宛鄰集》，《續修四庫全書》（上海：上海古籍出版社，1995 年），冊 1486，頁 184。

哀樂愛惡之情，有君臣朋友家國身世升沈新故盛衰睽合之感」，董士
錫偏向前者，屬於個人的情感抒發，張惠言傾向後者，〈詞選序〉旨
爲上溯《詩》、《騷》，以政教倫理解詞。究其原因，除了個人氣質、
個性等不同，張惠言經學家的背景且以餘力爲詞的心態，直至三十
七歲才有《詞選》的選錄及〈詞選序〉的闡述，且在《詞選》問世
不久即逝世，未有更多關於詞學的論述；而根據第二章的詞作編年，
董士錫《齊物論齋詞》最早的詞作於嘉慶元年，該年董士錫十五歲，
其後於嘉慶九年，董士錫結識周濟，兩人的詞學觀互有演進，筆者
以爲，無論在詞的創作時間或是詞學的相關論述上，董士錫皆發展
得早，而在往後的人生，終生未仕、漂泊不定，使得董士錫對於詞
的寄託內容較偏向個人情感抒發，與張惠言異，如黃志浩《常州詞
派研究》提到：

> （張琦、董士錫）當他們漂泊四方的身世使其創作心態發
> 生了很大變化的時候，那種發生在張惠言身上強烈的入世
> 心態和科舉情節也都不可避免地因時而有所改變。〔註51〕

區分完兩者寄寓內容的不同，回到董士錫的詞論，〈周保緒詞敘〉後
面提到：

> 保緒往季以舉進士而不得意于有司，感慨悲憤頗形于色，
> 既且釋然，予謂保緒銳然以直道自任，未爲非也，君子之
> 道不以用舍纇其志，不以逆順挫其气，而況保緒季未三十，
> 過不用方，以此曾益其不能，又豈足爲怪，而人或且俙保
> 緒以其勇敢駿厲之气爲可以風夫，保緒之學之有深淺得
> 失，固宜與世共見之也，而豈在是哉，抑余之所以知保緒
> 者，其有以異乎人也，讀其詞，而有感于斯焉，故復論之
> 亦唯保緒自知之而已。〔註52〕

〔註51〕黃志浩：《常州詞派研究》（北京：中國社會科學出版社，2008年），
　　　　頁127。
〔註52〕【清】董士錫：《齊物論齋文集》，《續修四庫全書》（上海：上海古
　　　　籍出版社，1995年），冊1507，頁310。

此段呼應了〈周保緒詞敘〉開頭所謂的「士不能出其懷持以正於世，不得已而取其生平悲喜怨慕之情發而爲文，以見其志」，董士錫的文學思想並非單純主情，而是在現實處境的「志」不得施展時，退而求其次，以「情」爲文，抒情的目的是爲了通於道，「故君子之道，不引乎情，不可以率乎禮，蓋及其治心澤身之學既大成，其幾微過中之情，固可以漸而化之」，董士錫以周濟爲例，其「不得意于有司」，因而「感慨悲憤頗形于色，既且釋然」，但即使感慨悲憤，董士錫認爲「未爲非也」，因周濟「銳然以直道自任」，這樣的「道」是「不以用舍纍其志，不以逆順挫其气」，不因現實的遭遇而有所挫損。董士錫最後提到，其於周濟的詞中，眞正了解周濟的幽微思緒，而非如世人「或且俪保緒以其勇敢駿厲之气爲可以風夫，保緒之學之有深淺得失，固宜與世共見之也，而豈在是哉」，之所以和世人對於周濟之學的解讀不同，因周濟「隱其志意，耑于比興，以寄其不欲明言之悁」，以比興寄託的方式，寄寓內心的細微情感。

　　結合董士錫的生平，可看出其欲守著儒家所謂的正道，但現實處境的不得已，迫其以重「情」的思維方式，去對己身處境做出一番解釋，即使如此，這樣的思想仍然是儒家傳統的一環，「怨而不怒」、「溫柔敦厚」，雖有怨情，但這樣的「情」是恪守著儒家規範的，藉由比興寄託的方式，抒發於文學之中，以率乎禮，通於道，雖然走的是較爲曲折的方式，但最終的目的仍是儒家價值觀的歸趨，從董士錫〈藤華吟館詩敘〉中，可看出其對於儒家價值觀的依循：

> 夫詩者志也，豈徒琱琢其文辭，鏗鏘其音節以說觀聽云爾哉，讀古人詩者必目綷其生平立朝行事之跡以相印證，則即詩以見其志者，亦即詩以見其人。……長樂梁茝鄰先生，好學而篤志，出而官于京、官于外，必本其志之所願而即安焉，而又往往能如其志，故其爲詩斐然，文沖然，雅而肫然以摯，賦登臨則志在鑒古，涉宴賞則志在戒今，處中朝則志在靖共，守四方則志在保義，拳拳然可以化驕而爲愿，變鄙而爲

儒，蓋其矜氣盡釋，而本末粲然，詩之至也。〔註53〕

讀者在解讀作品時，必須結合其「生平立朝行事之跡以相印證」，合乎儒家「知人論世」的傳統，作者與作品可相互參照。董士錫以長樂梁茞鄰為例，說明人與「志」的密切關聯，「志」為其核心價值，合乎儒家規範，「賦登臨則志在鑒古，涉宴賞則志在戒今，處中朝則志在靖共，守四方則志在保義」，符合《詩》的政教倫理傳統，「志」表現於作品中，則「詩斐然，文沖然，雅而肫然以摯」，此外，還具有「化驕而為愿，變鄙而為儒」、「矜氣盡釋，而本末粲然」的效果。

綜上所述，從董士錫的多篇敘文中所歸納出的文學思想，仍是以「君子之道」、用世之志為優先，但理想與現實的落差，迫其「取其生平悲喜怨慕之情發而為文」，即使如此，這樣的「情」是合乎儒家規範，且抒情的目的是為了「率乎禮」，通於道；抒情的方法，則是透過寄寓的方式，「隱其志意，耑于比興，以寄其不欲明言之恉」，至於寄寓的理想效果為何，董士錫〈崇百藥齋詩文集敘〉提到：

> 洋洋乎如千頃波，而勁氣昭質，充然炯然，按之皆有物，其為詩也，組繪不傷意，琱鍊不傷韻，紆婉不傷气，志之所之，與境之所經，皆寓焉，驟觀之若不知其有為而言者，油油然，蓄然，後出之詩人之內心也。〔註54〕

「驟觀之若不知其有為而言者」，與張惠言亦步亦趨於政教倫理的解釋有所差異，這樣的論述近於下一節所要探討的周濟。由「士不能出其懷持以正於世，不得已而取其生平悲喜怨慕之情發而為文，以見其志」，到「隱其志意，耑于比興，以寄其不欲明言之恉」，構成了董士錫的詞學主張，可以用下圖表示：

〔註53〕【清】董士錫：《齊物論齋文集》，《續修四庫全書》（上海：上海古籍出版社，1995年），冊1507，頁309。

〔註54〕【清】董士錫：《齊物論齋文集》，《續修四庫全書》（上海：上海古籍出版社，1995年），冊1507，頁308。

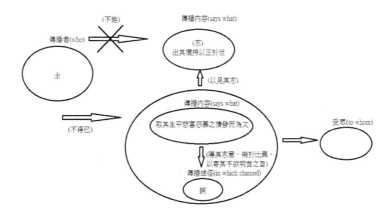

　　比起張惠言，董士錫的路徑較為曲折，但透過「情」的抒發，最終仍是期望能「率乎禮」、「以見其志」，通於君子之道。至於傳播效果（withwhateffect）則分為兩部分，對於傳播者本身，能免於「其氣慘黯而不舒，其體屈撓而不寧，而偏激躁矜之疾生」，且能使「幾微過中之情，固可以漸而化之」、「化驕而為愿，變鄙而為儒，蓋其矜氣盡釋，而本末粲然」，具有「治心澤身」的功能；對讀者而言，則是「驟觀之若不知其有為而言者」，此論述近於周濟，異於張惠言。

三、「不合五代全宋以觀之，不能極詞之變也」──詞之風格取捨

董士錫〈餐華吟館詞敘〉提到：

> 昔柳耆卿、康伯可，未嘗學問，乃以其鄙嫚之辭，緣飾音律，以投時好，而詞品以壞，姜白石、張玉田出，力矯其弊，為清雅之製，而詞品以尊，雖然不合五代全宋以觀之，不能極詞之變也，不讀秦少游、周美成、蘇子瞻、辛幼安之別集，不能擷詞之盛也。元明至今，姜張盛行，而秦、周、蘇、辛之傳響幾絕，則以浙西六家獨宗姜、張之故。〔註55〕

自浙西詞派宗姜張以來，詞壇在詞家的取捨上趨於狹窄，詞人多仿效姜夔、張炎的詞風，但自浙派後學以至常州詞派，漸有不同，如前引

─────────────────

〔註55〕同註54，頁310。

張惠言的〈詞選序〉：

> 自唐之詞人李白爲首，其後韋應物、王建、韓翃、白居易、
> 劉禹錫、皇甫淞、司空圖、韓偓並有述造，而溫庭筠最高，
> 其言深美閎約。……宋之詞家號爲極盛，然張先、蘇軾、
> 秦觀、周邦彥、辛棄疾、姜夔、王沂孫、張炎，淵淵乎文
> 有其質焉，其盪而不反，傲而不理，枝而不物。〔註56〕

其從詞人的歷史追溯，自李白至張炎等，博採群家，不主一格，異於
浙西詞派以姜、張爲重，董士錫的觀點和張惠言相近，其於〈餐華吟
館詞敍〉說道：「不合五代全宋以觀之，不能極詞之變也」，和張惠言
《詞選》選詞的範圍一致，不同在於董士錫特別標出秦觀、周邦彥、
蘇軾、辛棄疾、姜夔、張炎六家詞，和張惠言相比，具有特定的審美
趨向和家數意識。

〈餐華吟館詞敍〉首先提到：「昔柳耆卿、康伯可，未嘗學問，
乃以其鄙嫚之辭，緣飾音律，以投時好，而詞品以壞」，以柳永、康
與之〔註57〕泛指淺俗淫靡的詞風，認爲兩人投時所好，僅在詞的形式
上著墨，「未嘗學問」，沒有眞切的內在，這樣的趨勢造成「詞品以壞」，
待姜夔、張炎出，以「清雅之製」矯其弊，「而詞品以尊」，但由於浙
西詞派獨宗姜、張，使得秦觀、周邦彥、蘇軾、辛棄疾的成就被隱沒。
〈餐華吟館詞敍〉續道：

> 蓋嘗論之，秦之長，清以和，周之長，清以折，而同趨於
> 麗；蘇、辛之長，清以雄，姜、張之長，清以逸，而蘇、
> 辛不自調律，但以文辭相高，以成一格，此其異也。六子

〔註56〕【清】張惠言：《詞選》，《續修四庫全書》（上海：上海古籍出版社，
1995 年），冊 1732，頁 536。

〔註57〕康與之，字伯可，號順庵，洛陽人，處南北宋之交，建炎初上《中
興十策》，名震一時，惜後趨炎附勢，依附秦檜。見余禮所：〈宋南
渡詞人康與之與秦檜關係之考論〉（《河南廣播電視大學學報》，第二
十一卷第二期，2008 年 4 月），頁 65～68。沈義父《樂府指迷》評
其詞：「康伯可、柳耆卿音律甚協，句法亦多有好處，然未免有鄙俗
語」，陳廷焯《白雨齋詞話》非議其人，但評其詞「哀感頑豔，僅有
佳者」，並認爲陳振孫「伯可詞，鄙褻之甚」論人可，論詞則未盡然。

者，兩宋諸家皆不能過焉，然學秦病平，學周病澀，學蘇
病疏，學辛病縱，學姜張病膚，蓋取其麗與雄與逸而遺其
清，則五病雜見，而三長亦漸以失，至于浮淺之士，致力
未數者又不待言矣。〔註58〕

董士錫所推崇的詞之風格爲「清」。「清」自張炎「清空」之說始，後
人論詞多有提及，如浙西詞派大家厲鶚，多以「清」褒美他人，其〈張
今涪紅螺詞序〉提到：

嘗以詞譬之畫，畫家以南宗勝北宗。稼軒、後村諸人，詞
之北宗也；清眞、白石諸人，詞之南宗也。今涪詞淡沲平
遠，有重湖小樹之思焉；芊眠綺靡，有暈碧渲紅之趣焉；
屈曲連璅，有魚灣蟹堁之觀焉。僕讀其詞，如與今涪汎東
泖以望九山，相羊吟嘯而不知返，其爲詞家之南宗，二沈
之替人不虛矣。〔註59〕

厲鶚以詞譬之畫，畫派分南北兩宗，厲鶚認爲南宗勝北宗，且將周邦
彥、姜夔等人歸之南宗〔註60〕。至於所謂的詞之南宗風格究竟爲何？
厲鶚評論張今涪的詞「淡沲平遠，有重湖小樹之思焉；芊眠綺靡，有
暈碧渲紅之趣焉」，此外，在其他的序文中可看到更多的評語，如〈吳
尺鳧玲瓏簾詞序〉：

南宗詞派，推吾鄉周清眞，婉約隱秀，律呂諧協，爲倚聲
家所宗。〔註61〕

〔註58〕【清】董士錫：《齊物論齋文集》，《續修四庫全書》（上海：上海古
　　　籍出版社，1995 年），冊 1507，頁 310。

〔註59〕【清】厲鶚：《樊榭山房集》（上海：上海古籍出版社，1992 年），中
　　　冊，頁 753～754。

〔註60〕論畫分南、北兩宗，源於明代董其昌，據陳傳席，顧平，杭春曉：《中
　　　國畫山文化》：「從技法風格上來看，南宗重渲染，北宗重勾勒；南
　　　宗之皴是疏柔的披麻皴，北宗是剛猛的斧劈皴；南宗簡易，北宗繁
　　　瑣；南宗圓柔疏散，北宗方剛謹嚴；南宗自如而隨意，北宗刻畫而
　　　著意。總之，南宗源于士人心之自然，呈現出高雅之氣，北宗源于
　　　人力強爲，顯得做作而匠氣十足」（天津：天津人文美術出版社，2005
　　　年），頁 262。厲鶚以詞譬畫，將周邦彥、姜夔歸爲南宗，因詞與畫
　　　「自然清疏」之旨相近之故。

〔註61〕【清】厲鶚：《樊榭山房集》（上海：上海古籍出版社，1992 年），中

〈陸南香白蕉詞序〉：

> 癸丑秋，有客傳《白蕉詞》至，鵝水陸君南香作也，清麗閒婉，使人意消。……近時名勝，大都新綺有餘，而深窈空涼之旨，終遜宋賢一籌。〔註62〕

從「淡沱平遠」、「芊眠綺靡」、「婉約隱秀」、「清麗閒婉」、「深窈空涼」等評語，結合畫論所謂的南北分宗，可歸納出厲鶚較爲欣賞的風格是自然疏淡之「清」。

「清」作爲董士錫論詞的價值根源，表現於其所推崇的六家：秦觀、周邦彥、蘇軾、辛棄疾、姜夔、張炎，有著不一樣的面目，爲「理一分殊」之貌。董士錫認爲，「清」於秦觀詞中爲「清和」，於周邦彥詞中爲「清折」，兩者風格可統整歸納爲「清麗」；「清」表現於蘇軾、辛棄疾詞中爲「清雄」，表現於姜夔、張炎詞中則爲「清逸」，值得一提的是，董士錫認爲「蘇、辛不自調律，但以文辭相高，以成一格，此其異也」，或許將兩人視爲別調，董士錫本身的詞作《齊物論齋詞》，沈曾植《菌閣瑣談》評爲：「應徵按柱，斂氣循聲〔註63〕」，比之於張惠言「疏節闊調，猶有曲子律縛不住者〔註64〕」，較爲守律。儘管「蘇、辛不自調律」，但因兩者「以文辭相高」，仍被董士錫視爲詞人的表率，「六子者，兩宋諸家皆不能過焉」，顯示其明確的家數意識。

然而，後學在學六家詞時，若不能認清根源，則會有以下的問題：「學秦病平，學周病澀，學蘇病疏，學辛病縱，學姜張病膚，蓋取其麗與雄與逸而遺其清，則五病雜見，而三長亦漸以失」，前述所謂的「清麗」、「清雄」、「清逸」，若後人欲學六家之長，卻只學得表面，沒有學習到最根本的價值──「清」，則有所謂的「五病」──「平」、

　　冊，頁754。

〔註62〕【清】厲鶚：《樊榭山房集》（上海：上海古籍出版社，1992年），中冊，頁752～753。

〔註63〕唐圭璋：《詞話叢編》（台北：新文豐出版社，1988年），冊四，頁3607。

〔註64〕同前註。

「澀」、「疏」、「縱」、「膚」，此「五病」為「取其麗與雄與逸而遺其清」的後果，如此則「五病雜見」、三長漸失，至於學淺之人，更不待言矣。

〈餐華吟館詞敘〉後面提到：

> 夫詞之為藝也小，其為文也精，秦、姜名高一代，其成章祇數十篇，辛俑最多，亦惟數卷，其難也如此，至放者為之，始列為多編，而詞學漓矣。小秋之詞主乎清，以賅三長，為之四十年，今五十餘矣，塵六卷耳，而生平遊歷踪跡具在，余少小秋十年而為詞且三十年，所得亦止三卷，自非身歷焉不知也，夫小秋負非常之才，困頓窮抑以至今日，但以詞稱其所得，不以憝乎，雖然，小秋于世事無所就，一寄之于詞，後之人讀其詞者，如見小秋也，此則小秋之可以自信于他日者，而余亦所得而同勉也。 〔註65〕

此段說明詞之難，前賢之作尚且不多，後學才不及而多作，導致「詞學漓矣」。後面提到小秋雖「負非常之才」，但「困頓窮抑」，透過詞的抒發，使後人讀其詞如見其人，呼應了前面所提到的董士錫重「情」思想和比興寄託的要求，且符合儒家「知人論世」的傳統。

關於董士錫於〈餐華吟館詞敘〉的具體思想，可用下圖表示：

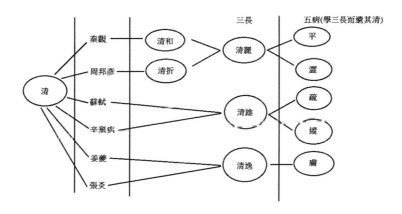

〔註65〕 【清】董士錫：《齊物論齋文集》，《續修四庫全書》（上海：上海古籍出版社，1995年），冊1507，頁310。

綜上所述，董士錫論詞主「不合五代全宋以觀之，不能極詞之變
也」，此點同張惠言《詞選》選詞範圍；而董士錫有意識地標舉六家
詞，除了浙西詞派推崇的姜夔、張炎，尚舉秦觀、周邦彥、蘇軾、辛
棄疾，與張惠言〈詞選序〉亦有相近之處，〈詞選序〉提到：「宋之詞
家，號爲極盛，然張先、蘇軾、秦觀、周邦彥、辛棄疾、姜夔、王沂
孫、張炎，淵淵乎文有其質焉」，除了張先、王沂孫，其餘六家正好
爲董士錫所推崇，但張惠言未對詞家有進一步的解說和推闡，董士錫
則是有意識地將六人列入「清」的價值體系，且爲每一位詞家賦予不
同的風格講解。

值得注意的是，董士錫論詞主乎「清」，和張惠言論詞主乎政教
倫理、「蓋詩之比興，變風之義，騷人之歌，則近之矣」的宗旨相較，
已注意到詞的非功利性價值，具有詞的審美觀，此與對詞論述不多的
張惠言異。龍沐勛〈論常州詞派〉提到：

> 張氏傳其甥董晉卿，而晉卿論詞之作無傳。僅於止庵《詞
> 辨・序》內，知晉卿喜少游、玉田，且極推清眞之「沈著
> 拗怒」。又稱「少游正以平易近人，故用力者終不能到」。
> 二張不談技巧，而晉卿措意於清眞之「沈著拗怒」，漸就運
> 筆遣聲以求詞，實開止庵《四家詞選》之先路。〔註66〕

龍沐勛未注意到董士錫《齊物論齋文集》的幾篇敘文，但其注意到周
濟的作品中，董士錫的主張，並提到董士錫「漸就運筆遣聲以求詞，
實開止庵《四家詞選》之先路」，評論洽當。

在董士錫的詞學思想中，尚有一點值得注意，蔣敦復《芬陀利室
詞話》提到：

> 壬子秋，雨翁與余論詞，至有厚入無間，輒斂手推服曰，
> 昔者吾友董晉卿每云，詞以無厚入有間，此南宋及金元人
> 妙處。吾子所言，乃唐、五代、北宋人不傳之祕。惜晉卿

〔註66〕龍榆生：《龍榆生詞學論文集》（上海：上海古籍出版社，2009 年），
頁 431～432。

久亡，不克握塵一堂，互證所得也。〔註67〕

從董士錫的著作中，未能找到「詞以無厚入有間」的相關言論，但從周濟〈宋四家詞選目錄序論〉：

> 夫詞，非寄託不入，專寄託不出，一物一事，引而伸之，
> 觸類多通，驅心若游絲之罥飛英，含毫如郢斤之斫蠅翼，
> 以無厚入有間。〔註68〕

或可爲董士錫「詞以無厚入有間」的參考依據。而蔣敦復「有厚入無間」，其未有清楚的解釋，但可以確定的是，這樣的主張仍符合常州詞派的論詞意識，《芬陀利室詞話》提到：

> 詞之合于意內言外，與鄙人有厚入無間之旨相符者，近來
> 諸名家指不多屈。〔註69〕

蔣敦復論詞主「有厚入無間」，並和「意內言外」之旨相比擬，除了和董士錫有交流，和周濟也有往來，值得參考其說。

第三節　常州詞派發揚者──周濟的詞學思想

周濟（1781年～1839年），字保緒，又字介存，號止庵，晚號介存居士，荊溪人，乾隆四十六年生，道光十九年卒，年五十九。喜讀史書和古代將帥兵略，精於射擊刺藝。周濟與李兆洛、張琦、包世臣訂交，與經世派代表人物魏源也有往來。著作有《說文字系》、《韻原》，史書《晉略》、《味雋齋史義》，畫論《折肱錄》，詩有《介存齋詩》，於詞則有《詞辨》、《味雋齋詞》、《宋四家詞選》，其《晉略》八十卷，例精辭潔，於攻取防守地勢，多有發明，非徒考訂而已。嘉慶十年進士，銓選知縣，改淮安府學教授，自幼胸懷大志，

〔註67〕唐圭璋：《詞話叢編》（台北：新文豐出版社，1988年），冊四，頁3652。

〔註68〕【清】周濟：《宋四家詞選》，《續修四庫全書》（上海：上海古籍出版社，1995年），冊1732，頁592。

〔註69〕唐圭璋：《詞話叢編》（台北：新文豐出版社，1988年），冊四，頁3639。

致力於經世之學。〔註70〕

周濟性格豪放，武藝精熟，根據魏源〈荊溪周君保緒傳〉，嘉慶年間，江、浙一帶有海賊蔡牽出沒，周濟協助寶山知縣田鈞海防，留寶山數載，此外，還提到：

> 癸酉春，田君丁母憂，而河南、山東教匪叛，田君鉅野人，以母喪在家未葬，鄰曹縣賊境，身牽官累弗克歸，日夜憂泣。君慨然請代行，約四川武舉任子田同往。七晝夜馳二千里至鉅野，知田君家無恙，乃往來曹、濟間行視郡邑戰守之術。途遇曹州賊數百人突至，君與任子田下車，各持一鎗，仆其前二人，創其黨數十人，眾悉遁去。〔註71〕

又：

> 兩江總督、大學士孫公聞其名，過揚州，邀見舟中，縱談兵事，曰：「君，將才也，承平無所試，可姑試諸兩淮私梟乎？」君笑曰：「諾。」孫公令淮北各營伍及州縣聽君號令。時淮北梟徒千百爲羣，器械精銳。君則招諸豪士數十輩，兼募巡卒，教以擊刺。月餘，皆可用。偵擊其大隊於安東，屢敗禽之，淮北斂迹。然君遂謝事，曰：「鹺務不治其本而徒緝私，私不可勝緝也。」〔註72〕

由上述可知，周濟除了文人身份，同時也是具有實際戰功的武人，此點大異於張惠言、董士錫。〈荊溪周君保緒傳〉另有對周濟的性格刻劃：

> 淮南諸商爭延重君，遂措貲數萬金托君辦鹺淮北。君則以其貲購妖姬，養豪客劍士，過酒樓酣歌恆舞，裙屐雜沓。間填小樂府，倚聲度曲，悲歌慷慨。醉持丈八矛，揮霍如

〔註70〕見清史稿校註審查委員會：《清史稿校註》（台北：國史館，1990 年），冊十四，頁 11203；徐楓：〈常州詞派前期詞人傳論〉，《嘉道年間的常州詞派》（台北：雲龍出版社，2002 年），頁 131〜138；黃志浩：〈周濟對常州派詞學體系的奠定〉，《常州詞派研究》（北京：中國社會科學出版社，2008 年），頁 156〜163。

〔註71〕【清】魏源：《魏源集》（北京：中華書局，1983 年），上冊，頁 362。

〔註72〕【清】魏源：《魏源集》（北京：中華書局，1983 年），上冊，頁 363。

飛，滿堂風雨，醒則磨墨數斗，狂草淋漓，或放筆爲數丈
山水，雲垂海立。見者毛髮豎，人皆莫測君何許人。嘗言
「願得十萬金，當置義倉、義學，贍諸族姻，並置書數萬
卷，招東南士友之不得志者，分治經史，各盡所長，不令
旅食干謁廢學」。〔註73〕

經由上述，可知周濟豪放、灑脫的人格特質，且胸懷大志，但志向與
現實的落差，難免造成「所志皆恢闊難就〔註74〕」的情形。另外，據
《清稗類鈔》記載，周濟習易筋經、卷簾術，拳勇技擊一時無兩，且
有許多有趣的軼聞〔註75〕，生平頗爲傳奇。

　　〈荊溪周君保緒傳〉後面提到：

一日，翻然悔曰：「吾數年一念所誤乃至此！」盡散其貲，
謝其黨，因自號止安，作五言詩自訟，訟其兵農雜進負初
心，遂去揚州，寓金陵之春水園。時道光八年也，年四十
七。盡屏豪蕩技藝，復理故業。先成《說文字系》四卷、《韻
原》四卷，輯平日古今體詩二卷、詞二卷、雜文二卷。最
後乃成《晉略》十冊，則以寓平生經世之學，借史事發揮
之。遐識渺慮，非徒考訂，筆力過人。深坐斗室，前此豪
士過門，慨謝不見，前後如兩人。〔註76〕

道光八年（1828 年），爲周濟人生的一個轉折，其於此年「盡散其貲，
謝其黨」，並作詩自訟「兵農雜進負初心」，因而寓居金陵春水園，「盡

〔註73〕 【清】魏源：《魏源集》（北京：中華書局，1983 年），上冊，頁 363。
〔註74〕 【清】魏源：《魏源集》（北京：中華書局，1983 年），上冊，頁 363。
〔註75〕 《清稗類鈔》於「技勇類」有記載周濟的事蹟，如「城守營參將某
以剿川、陝教匪立功，自矜武力，周曰：「盍至敝署一較，何如？」
翌日往，共賭躍大成殿，周十上十下，如飛鳥濯翼，超過簷際，某
僅得其六，微側，遽墮，折其右足，醫數月，卒跛而行」，以及「山
陽有豪胥，士紳多折節行與交，見周，唁唁而已。一日，周散步署
前，胥適過，呼之來，以所吸煙筒銅斗徧擊其首，叱曰：「速去。」
胥至家，首暴痛，腫幾如斗，呼醫求死。胥妻子知胥罪，泣跪階下
求救，命舁至，又以銅斗微擊數周，痛立時止。【清】徐珂：《清稗
類鈔》（北京：中華書局，1986 年），頁 2913～2914。
〔註76〕 【清】魏源：《魏源集》（北京：中華書局，1983 年），上冊，頁 364。

屏豪蕩技藝」，閉門著述，自此而後，完成不少著作。

　　值得注意的是，周濟除了性格與作為異於一般文人，同時具有「史學家」的身份，此和張惠言、董士錫偏向「經學家」相異；所作《晉略》，「例精辭潔，於攻取防守地勢，多發明論贊中」、「寓平生經世之學，借史事發揮之」。《晉略》成於道光十八年，為周濟逝世前一年，其於〈晉略序目〉提到：

> 自揆舉羽之力，恆懷絕髓之慮，顧念始自弱冠，即存斯志，泊乎壯歲，雖復訓酢人事，獨居深念，未嘗去裏，日月不居，學殖弗益，始衰之年忽焉已過，釋今弗圖，逝將靡及，免就刺剟彰其要害，事即前史，言成一家，將以喻志，適用匪侈，博聞什七，折衷依于涑水，庶幾無悖資治之意云爾，若夫搜覽叢殘，掇拾遺佚，以資攷證世有君子，鄙人謝不敏焉。〔註77〕

周濟有感「始衰之年忽焉已過，釋今弗圖，逝將靡及」，欲藉此成一家言，效《資治通鑑》之意，以喻其志。《晉略》原成於道光十三年，但經過包世臣的建議，又經過五年的修改才完成，包世臣〈晉略序〉提到：

> 唐初儒臣，集十八家之說，纂為《晉書》，事跡頗具而此旨不明，無以昭勸戒，垂世法。保緒深達治源，取《晉書》斟酌之，歷二十余載，至道光癸巳寫出清本。走使相質，既得余復，又解散成書，五閱寒暑，乃成今本。而余赴章門，保緒赴淮陰，轉客漢皋，相距較遠。保緒繼以己亥秋物故旅次，及余還轅，保緒嗣孫煒以刻本來將遺命，乞序言。其分合故籍，若網在綱，簡而有要，切而不俚，抉得失之情，原興衰之故。〔註78〕

道光十三年，包世臣有〈與周保緒論晉略書〉〔註79〕，給予周濟不少

〔註77〕 【清】周濟：《晉略》（台北：中華書局，1966年），頁5～6。
〔註78〕 【清】包世臣：《包世臣全集》（安徽：黃山書社，1994年），頁289。
〔註79〕 【清】包世臣：《包世臣全集》（安徽：黃山書社，1994年），頁285～289。

建議，周濟歷經五年的修改，道光十八年成書，但未及示予包世臣，
即於隔年卒，之後由後人攜至包世臣處，請其作序，據〈晉略序〉文
末所書的日期，爲道光二十三年，距周濟逝世已過四年。另外，周濟
有《味雋齋史義》，其〈自序〉作於道光十二年，和其詞學的集成著
作《宋四家詞選》成於同年，藉由對《史記》的闡述，「有其所寓者，
求其所寓者〔註80〕」，使「三千年而一朝也，聖賢庸愚亂賊而一堂也，
禮樂刑政妖祥夢卜而一轍也，褒揚嗟惜嬉笑怒罵而一情也，凡以暢其
義也〔註81〕」。

　　史學家的背景，以及親身經歷民間動亂等因素，或許影響了周濟
的論詞意識，使其注重詞的社會闡發功能。周濟學詞時間與董士錫相
近，自嘉慶九年結識董士錫後，和董士錫的詞學交流，影響周濟的論
詞意識，其詞論集中於《詞辨》、《介存齋論詞雜著》、《宋四家詞選》。
《詞辨》成於嘉慶十七年，與《介存齋論詞雜著》相近〔註82〕；《宋
四家詞選》成於道光十二年，象徵著周濟詞學觀的成熟，筆者欲以詞
論時間的先後順序，探討周濟的詞論以及董士錫所給予的影響。

一、詞學觀的發軔——《詞辨》、《介存齋論詞雜著》

　　周濟〈詞辨序〉提到：

> 余年十六學爲詞，甲子始識武進董晉卿，晉卿年少於余，
> 而其詞纏緜往復，窮高極深，異乎平時所仿效，心向慕不
> 能已，晉卿爲詞，師其舅氏張皋文、翰風兄弟，二張輯《詞
> 選》而序之，以爲詞者，意內而言外，變風騷人之遺，其
> 敘文旨深詞約，淵乎登古作者之堂，而進退之矣。晉卿雖

〔註80〕【清】周濟：《味雋齋史義》，《續修四庫全書》（上海：上海古籍出
　　　　版社，1995年），冊451，頁481。
〔註81〕同前註。
〔註82〕「關於〈詞辨自序〉及《介存齋論詞雜著》後皆自號「介存」，說明
　　　　編《詞辨》與寫《介存齋論詞雜著》是同步進行的。」見黃志浩：〈周
　　　　濟對常州派詞學體系的奠定〉，《常州詞派研究》（北京：中國社會科
　　　　學出版社，2008年），頁218。

師二張，所作實出其上。〔註83〕

周濟生於乾隆四十六年（1781年），早於董士錫一年，十六歲時爲嘉慶元年（1796年），此年董士錫於里中作〈菩薩蠻〉「儗溫飛卿」，爲《齊物論齋詞》所收時間最早的詞作，此外，至安徽歙縣向張惠言問學也於此年，顯示兩人的學詞時間十分相近。周濟對董士錫十分推崇，認爲「其詞纏縣往復，窮高極深，異乎平時所仿效，心向慕不能已」、「晉卿雖師二張，所作實出其上」，值得注意的是，常州詞派的主張在嘉慶年間尚未十分流行，周濟早期仍是受浙派影響，直到接觸董士錫的詞作，「異乎平時所仿效」，使得其詞學觀開始有了變化。〈詞辨序〉續道：

> 予遂受法晉卿，已而造詣日以異，論說亦互相短長，晉卿初好玉田，余曰：玉田意盡於言，不足好，余不喜清眞，而晉卿推其沈著拗怒，比之少陵，牴牾者一年，晉卿益厭玉田，而余遂篤好清眞；既予以少游多庸格，爲淺鈍者所易託，白石疏放，醞釀不深，而晉卿深詆竹山麤鄙，牴牾又一年，予始薄竹山，然終不能好少游也。〔註84〕

在前一節董士錫詞論的探討中，由〈餐華吟館詞敘〉可歸納出董士錫推崇「清」的價值，以及標舉六家——秦觀、周邦彥、蘇軾、辛棄疾、姜夔、張炎，這樣的意識也影響了周濟對詞家的取捨。假設周濟所謂「予遂受法晉卿」的時間，是從〈詞辨序〉上一段所提到的「甲子始識武進董晉卿」開始，也就是嘉慶九年，即可依此建構出其詞學思想變化的時間軸線：自嘉慶九年至嘉慶十年，周濟對周邦彥的評價由「不喜」到「篤好」，董士錫從「初好」張炎轉爲「益厭」張炎；嘉慶十年至十一年，周濟「始薄」蔣捷，而對秦觀的評價仍是「不能好」。

在周濟〈詞辨序〉所論述的這段與董士錫的切磋過程，所提到的詞家：張炎、周邦彥、秦觀、姜夔、蔣捷，除了董士錫「深詆麤鄙」

〔註83〕 【清】周濟：《詞辨》，《續修四庫全書》（上海：上海古籍出版社，1995年），冊1732，頁576。

〔註84〕 同上註。

的蔣捷，其餘四家正是董士錫〈餐華吟館詞敘〉所推崇的詞人，在這段敘述中，周邦彥被董士錫推爲「沈著拗怒，比之少陵」，張炎由「初好」轉爲「益厭」，至於秦觀和姜夔，雖然文中沒有提到董士錫對他們的看法，但根據文中敘述的內容，周濟與董士錫對於詞人的看法往往相異，之後才互相影響，而周濟評秦觀爲「多庸格，爲淺鈍者所易託」，評姜夔爲「白石疏放，醞釀不深」，因此可推論董士錫對於秦觀、姜夔是肯定的。

　　值得注意的是，董士錫對於秦觀、周邦彥、姜夔的評價在周濟〈詞辨序〉和己作〈餐華吟館詞敘〉中一致，但張炎卻不同，在周濟〈詞辨序〉中，董士錫由「初好」轉爲「益厭」，在〈餐華吟館詞敘〉中，董士錫評爲「清逸」，和姜夔相提並論。若從時間來看，〈詞辨序〉提到董士錫對張炎的評價轉折約爲嘉慶九年至嘉慶十年，至於〈餐華吟館詞敘〉，雖然沒有寫明日期，但文章後段提到：

> 小秋之詞主乎清，以賅三長，爲之四十年，今五十餘矣，
> 塵六卷耳，而生平遊歷蹤跡具在，余少小秋十年而爲詞且
> 三十年，所得亦止三卷，自非身歷焉不知也。〔註85〕

從董士錫自述爲詞三十年的經歷，已是生涯晚年，早於嘉慶十年的24歲，因此對張炎從「初好」轉爲「益厭」，後至〈餐華吟館詞敘〉的六家之一、「清逸」的代表，中間過程若是沒有再一次的轉折，由「益厭」轉爲正面評價，或許就是周濟的觀察有誤，董士錫並沒有如他所說的「益厭」張炎。

　　回到周濟的層面，董士錫影響周濟對周邦彥的評價，由「不喜」到「篤好」，確立起日後周濟《宋四家詞選》的基礎，影響深遠；從與《詞辨》約作於同時的《介存齋論詞雜著》中，可看到周濟對於周邦彥的推崇：

> 美成思力，獨絕千古，如顏平原書，雖未臻兩晉，而唐初

〔註85〕 【清】董士錫：《齊物論齋文集》，《續修四庫全書》（上海：上海古籍出版社，1995 年），冊 1507，頁 310。

> 之法至此大備，後有作者，莫能出其範圍矣。讀得清真詞，
> 多覺他人所作都不十分經意，鉤勒之妙無如清真，他人一
> 鉤勒便薄，清真愈鉤勒愈渾厚。〔註86〕

另一方面，即使周濟認爲「玉田意盡於言，不足好」，評秦觀「多庸格，爲淺鈍者所易託」，但同時還是有正面評價，《介存齋論詞雜著》提到：

> 玉田近人所最尊奉，才情詣力亦不後諸人，終覺積穀作米，
> 把纜放船，無開闊手段，然其清絕處自不易到。玉田詞佳
> 者匹敵聖與，往往有似是而非處不可不知。〔註87〕

又：

> 晉卿曰，少游正以平易近人，故用力者終不能到。〔註88〕

又：

> 良卿曰，少游詞，如花含苞，故不甚見其力量，其實後來
> 作手，無不胚胎於此。〔註89〕

由此可知，周濟對於詞家的評價頗爲細微，能從正反面論述詞家的優劣，並非「喜」與「不喜」的二元兩分，值得注意的是，周濟在評價秦觀時都是引用他人意見，可見其心中或許如他所說「終不能好少游」，由此也可看出此時的詞學觀尚未完熟。至於周濟認爲「醞釀不深」的姜夔，以及董士錫評爲「龘鄙」的蔣捷，《介存齋論詞雜著》有以下的論述：

> 稼軒鬱勃，故情深，白石放曠，故情淺；稼軒縱橫，故才大，
> 白石局促，故才小，惟〈暗香〉、〈疏影〉二詞，寄意題外，
> 包蘊無窮，可與稼軒伯仲，餘俱據事直書，不過手意近辣耳。
> 白石詞如明七子詩，看是高格響調不耐人細思。白石以詩法
> 入詞，門徑淺狹，如孫過庭書，但便後人模仿。白石好爲小

〔註86〕【清】周濟：《介存齋論詞雜著》，《續修四庫全書》（上海：上海古
籍出版社，1995 年），冊 1732，頁 577～578。

〔註87〕【清】周濟：《介存齋論詞雜著》，《續修四庫全書》（上海：上海古
籍出版社，1995 年），冊 1732，頁 578。

〔註88〕同前註，頁 577。

〔註89〕同前註，頁 577。

序，序即是詞，詞仍是序，反覆再觀，如同嚼蠟矣，詞序序
作詞緣起，以此意詞中未備也，今人論院本，尚知曲白相生，
不許複沓，而獨津津於白石詞序一何可笑。〔註90〕

又：

竹山薄有才情，未窺雅操。〔註91〕

綜上所述，周濟與董士錫於嘉慶九年開始的這段詞學討論過程，董士
錫推崇周邦彥「沈著拗怒，比之少陵」，影響周濟對周邦彥的評價由
「不喜」到「篤好」，對於秦觀，周濟則是沒有定論，未能十分認同
但也尊重董士錫的肯定，而對於蔣捷的評價則是受董士錫影響而「始
薄」之；另一方面，周濟影響董士錫有限，所謂「玉田意盡於言，不
足好」，影響董士錫「益厭玉田」，經前述推論或許不如周濟所言，對
於秦觀、姜夔，周濟認為「少游多庸格，為淺鈍者所易託，白石疏放，
醞釀不深」，但董士錫認為秦觀「少游正以平易近人，故用力者終不
能到」，且在晚年的〈餐華吟館詞敘〉中，對秦觀、姜夔皆給予肯定，
未受周濟深切的影響，由此可知，董士錫實質上影響周濟較多。關於
以上的論述，可用下圖表示：

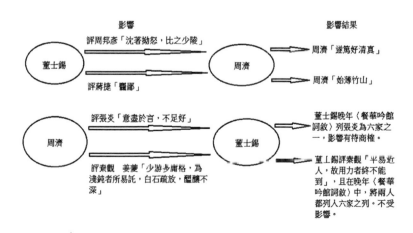

〔註90〕同註87。

〔註91〕【清】周濟：《介存齋論詞雜著》，《續修四庫全書》（上海：上海古
　　　　籍出版社，1995年），冊1732，頁578。

〈詞辨序〉接著提到：

> 其後晉卿遠在中州，余客授吳淞，弟子田生端學爲詞，因
> 欲次弟古人之作，辨其是非，與二張、董氏各存岸略，庶
> 幾他日有所觀省，爰錄唐以來詞爲十卷，而敘之曰，古稱
> 作者豈不難哉，自溫庭筠、韋莊、歐陽修、秦觀、周邦彥、
> 周密、吳文英、王沂孫、張炎之流，莫不蘊藉深厚，而才
> 豔思力各騁一途，以極其致，譬如匡廬、衡嶽，殊體而並
> 勝，南威、西施，別態而同妍矣，若其著述未富，可采者
> 鮮，而孤章特出，合乎道揆，亦因時代而附益之。〔註92〕

吳淞爲現今的上海市寶山區，周濟曾應寶山知縣田鈞之邀，協助其海
防事宜，文中提到的客授吳淞，應是指此事。此段敘述說明《詞辨》
的編選動機、編選原則，因弟子學詞，而「次弟古人之作，辨其是非」，
希望能「與二張、董氏各存岸略，庶幾他日有所觀省」，除了提到的
「溫庭筠、韋莊、歐陽修、秦觀、周邦彥、周密、吳文英、王沂孫、
張炎」外，若有詞人著作不多，但其中有佳作，「孤章特出，合乎道
揆」，則「亦因時代而附益之」。〈詞辨序〉後面提到：

> 夫人感物而動，興之所託，未必咸本莊雅，要在諷誦紬繹，
> 歸諸中正，辭不害志，人不廢言，雖乖繆庸劣，纖微委瑣，
> 苟可馳喻比類，翼聲究實，吾皆樂取，無苛責焉。後世之
> 樂，去詩遠矣，詞最近之，是故入人爲深，感人爲速，往
> 往流連反覆，有平矜釋躁，懲忿窒欲，敦薄寬鄙之功。南
> 唐後主以下，雖駿快馳騖，豪宕感激，稍稍漓矣，然猶皆
> 委曲以致其情，未有亢厲剽悍之習，抑亦正聲之次也，若
> 乃世俗傳習而或辭不逮意，意不尊體，與夫淺陋，淫褻之
> 篇，亦遞取而論斷之，庶以愛厚古人而袪學者之惑。〔註93〕

這一段敘述與董士錫〈周保緒詞敘〉中的觀點相近，〈周保緒詞敘〉

〔註92〕 【清】周濟：《詞辨》，《續修四庫全書》（上海：上海古籍出版社，
1995 年），冊 1732，頁 576。

〔註93〕 【清】周濟：《詞辨》，《續修四庫全書》（上海：上海古籍出版社，
1995 年），冊 1732，頁 576。

提到「士不能出其懷持以正於世，不得已而取其生平悲喜怨慕之情發而爲文，以見其志，亦非君子之所尚矣。故曰：君子之道，修身以待命，正也，怨非正也〔註94〕」，周濟認爲，文人「感物而動，興之所託」的內容，未必是「莊雅」，可能是「乖繆庸劣，纖微委瑣」，但只要內容能「歸諸中正」，仍是可取，此與董士錫認爲「怨非正也」，但只要合乎儒家規範，終究可「率乎禮」，「以見其志」異曲而同工；後面周濟提到詞具有「平矜釋躁，懲忿窒欲，敦薄寬鄙之功」，此同於董士錫〈周保緒詞敘〉所提到的：

> 雖然將抑其情而不予之遂邪，抑之不以，其氣慘黯而不舒，其體屈撓而不寧，而偏激躁矜之疾生，故君子之道，不引乎情，不可以率乎禮，蓋及其治心澤身之學既大成，其幾微過中之情，固可以漸而化之。〔註95〕

藉由詞的創作抒發作者的情緒，避免「氣慘黯而不舒」、「體屈撓而不寧」、「偏激躁矜之疾生」的情況，以達到「治心澤身」的效果，此爲董士錫與周濟觀點相近之處。〈詞辨序〉最後提到其選詞標準，並非所有作品皆爲周濟所取，「咸本莊雅」的詞自然在周濟的優先考量，另一方面，雖然自南唐二主以下，詞往往「駿快馳騖，豪宕感激，稍稍漓矣」，但這樣的作品「皆委曲以致其情，未有亢厲剽悍之習」，爲「正聲之次」，仍是可被採納，只有「意不尊體，與夫淺陋，淫褻之篇」，是不被周濟所認同的。

值得注意的是，根據上述，比較周濟〈詞辨序〉與董士錫〈周保緒詞敘〉，可發現兩篇文章的觀點頗爲相近，如周濟所謂的詞有「平矜釋躁，懲忿窒欲，敦薄寬鄙之功」，與董士錫所言「蓋及其治心澤身之學既大成，其幾微過中之情，固可以漸而化之」，以及如周濟認爲「委曲以致其情，未有亢厲剽悍之習」的內容，爲「正聲之次」，

〔註94〕 【清】董士錫：《齊物論齋文集》，《續修四庫全書》（上海：上海古籍出版社，1995年），冊1507，頁309。

〔註95〕 【清】董士錫：《齊物論齋文集》，《續修四庫全書》（上海：上海古籍出版社，1995年），冊1507，頁309。

與董士錫認為「不得已而取其生平悲喜怨慕之情發而為文」,不為君子所尚,且這樣的怨情「非正也」。上述的相近處,可整理成下表:

	詞之內容	評價	詞的創作對作者的效果
董士錫	不得已而取其生平悲喜怨慕之情發而為文	非正也	治心澤身之學既大成,其幾微過中之情,固可以漸而化之
周濟	委曲以致其情,未有亢厲剽悍之習	正聲之次	平矜釋躁,懲忿窒欲,敦薄寬鄙之功

　　考量到董士錫與周濟有所往來,〈周保緒詞敘〉與〈詞辨序〉的相近之處,可推論為兩人在詞學想法上是存在著影響的,但究竟誰先形成這樣的觀點進而影響對方?抑或是兩人的想法幾乎成於同時?從時間上來看,周濟〈詞辨序〉提到其與董士錫相識於嘉慶九年(1804年),嘉慶九年至嘉慶十一年(1806 年),董士錫與周濟密切往來,根據第二章的董士錫生平研究,在這段時間裡,除了前面所提到的兩人對詞家優劣的討論,嘉慶十年,董士錫和周濟各有四首唱和之作,分別是〈長亭怨慢〉「新竹」、〈疏影〉「風竹」、〈南浦〉「晴竹」、〈高陽臺〉「雨竹」;嘉慶十一年,董士錫為周濟詞集作〈周保緒詞敘〉;嘉慶十二年,董士錫客江西九江,周濟客上海寶山〔註96〕,兩人分隔兩地;嘉慶十七年,周濟作〈詞辨序〉,而在嘉慶十二年至嘉慶十七年這段時間,周濟皆待在寶山,董士錫則是先後去了河南歸德、北京、河南武陟、河南洛陽,兩人在這段時間裡沒有交集〔註97〕。綜上所述,

〔註96〕據魏源〈荊溪周君保緒傳〉提到:「嘉慶十年舉於鄉,明年成進士。……歲餘,淮安府知府王穀丁祭至學宮,禮畢,將就殿門外升輿,君力拒之,穀不懌去,君即日移病去。是秋,淮安府山陽縣知縣王伸漢冒賑事發,王穀大辟,所屬吏及委員皆註誤,惟君先幾得免。……時海賊蔡牽出沒江、浙,寶山知縣田鈞延君往商海防,因客寶山數載。」見【清】魏源:《魏源集》(北京:中華書局,1983 年),上冊,頁 362。

〔註97〕〈詞辨序〉敘述完董士錫和周濟對於詞學的討論後,接著道:「其後晉卿遠在中州,余客授吳淞」,中州為河南,吳淞即為上海寶山。見《續修四庫全書》(上海:上海古籍出版社,1995 年),冊 1732,頁 576。

董士錫與周濟有交集的時間爲嘉慶九年至嘉慶十一年，董士錫〈周保
緒詞敍〉作於嘉慶十一年，兩人自嘉慶十二年分隔兩地之後，周濟於
嘉慶十七年，作〈詞辨序〉。

　　關於上述的過程，可用下圖表示：

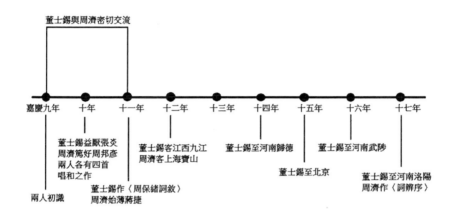

　　釐清時間關係，回到〈周保緒詞敍〉、〈詞辨序〉本身，〈周保緒
詞敍〉在敍述完「士不能出其懷持以正於世，不得已而取其生平悲喜
怨慕之情發而爲文」的合理性後，後面提到：

> 保緒往季以舉進士而不得意于有司，感慨悲憤頗形于色，
> 既且釋然，予謂保緒銳然以直道自任，未爲非也，君子之
> 道不以用舍貳其志，不以逆順挫其气，而況保緒季未三十，
> 過不用方，以此曾益其不能，又豈足爲怪。〔註98〕

董士錫所謂的「保緒往季以舉進士而不得意于有司」，據魏源〈荊溪
周君保緒傳〉提到：

> 嘉慶十年舉於鄉，明年成進士。廷對縱言天下事，字數逾
> 格，以三甲歸班，銓選知縣，改就淮安府學教授。〔註99〕

另外，據《清史稿》提到：

〔註98〕【清】董士錫：《齊物論齋文集》，《續修四庫全書》（上海：上海古
　　　籍出版社，1995 年），冊 1507，頁 310。
〔註99〕【清】魏源：《魏源集》（北京：中華書局，1983 年），上冊，頁 362。

或謂之曰:「對策語幸無過激。」濟曰:「始進,敢欺君乎!」
及廷對,縱言天下事,字逾恆格。以三甲歸班選知縣,改
就淮安府教授。〔註100〕

又黃志浩〈周濟對常州派詞學體系的奠定〉提到:

可見當年殿上「狂言」造成的「改就」之事,在周濟心中
留下的不可磨滅的印記,這一印記甚至使周濟的思想乃至
人生道路都發生了變化。〔註101〕

因此董士錫所提到的「士不能出其懷持以正於世,不得已而取其生平
悲喜怨慕之情發而為文」,和周濟的處境相關。然而,難道董士錫自
身沒有怨情?通讀整篇〈周保緒詞敘〉,裡面只有簡單地提到:「然則
吾徒頫仰一世,感慨人已,情之所發,跌蕩往反固所不能自已者也」,
〈周保緒詞敘〉作於嘉慶十一年,此年董士錫二十五歲,觀乎其二十
五歲前的經歷,較具體的怨情在於嘉慶五年江承之卒,以及嘉慶七年
張惠言卒,董士錫於嘉慶七年有不少感逝之作。或許是親友的相繼去
世,以及居無定所、漂泊的個人經歷,使得董士錫的詞學觀走向內在
抒發的道路,藉由〈周保緒詞敘〉以及周濟的「改就」之事,寄寓己
身的「跌蕩往反固所不能自已者也」。筆者以為,〈周保緒詞敘〉除了
闡述了董士錫的詞學思想,對董士錫本身同時也具有「治心澤身」的
效果。

　　而周濟自嘉慶九年始識董士錫,如前述所提到,在詞家取捨的意
識上,受董士錫影響較多,其認為董士錫「其詞纏緜往復,窮高極深,
異乎平時所仿效,心向慕不能已」,「異乎平時所仿效」顯示遇到董士
錫後,才使得他的詞學道路往新的方向發展,而在嘉慶九年至嘉慶十
一年這段時間,中間經過「改就」的打擊,此時詞學觀仍是在漸變中,
「改就」的打擊應該未能於短時間內內化成自己的詞學思想;另一方

〔註100〕 清史稿校註審查委員會:《清史稿校註》(台北:國史館,1990 年),
　　　　 冊十四,頁 11203。

〔註101〕 黃志浩:《常州詞派研究》(北京:中國社會科學出版社,2008 年),
　　　　 頁 156～157。

面，比較〈周保緒詞敘〉和〈詞辨序〉，前者敘述上多推演過程，如
「上不能出其懷持以正於世，不得已而取其生平悲喜怨慕之情發而爲
文，以見其志，亦非君子之所尙矣」，從「不能」、「不得已」層層抽
絲剝繭，接著敘述抑情將導致「其氣慘黯而不舒，其體屈撓而不寧」，
最後得到結論「不引乎情，不可以率乎禮，蓋及其治心澤身之學既大
成，其幾微過中之情，固可以漸而化之」，而周濟〈詞辨序〉只是簡
單地陳述「委曲以致其情，未有亢厲剽悍之習」爲「正聲之次」，且
有「平矜釋躁，懲忿窒欲，敦薄寬鄙之功」，較像是一個既定的想法。
綜上所述，筆者以爲，在抒「情」的詞學思想上，董士錫早於周濟形
成這樣的觀點且影響著他。

　　另外，在周濟《介存齋論詞雜著》中，除了對詞家的評價，尙有
二點論述値得注意，此兩點也是周濟能跨越張惠言、董士錫的藩籬、
自出機杼之處：

> 感慨所寄，不過盛衰，或綢繆未雨，或太息厝薪，或己溺
> 己飢，或獨清獨醒，隨其人之性情、學問、境地，莫不有
> 由衷之言，見事多，識理透，可爲後人論世之資，詩有史，
> 詞亦有史，庶乎自樹一幟矣，若乃離別懷思，感士不遇，
> 陳陳相因，唾瀋互拾，便思高掉溫韋，不亦恥乎。〔註102〕

「詞史」的看法並非出周濟首先提出，如清初大家陳維崧，其〈今詞
苑序〉的著名觀點：「爲經爲史，曰詩曰詞，閉門造車，諒無異轍」，
且蔣景祁評陳維崧爲：

> 讀先生之詞者，以爲蘇、辛可，以爲周、秦可，以爲溫、
> 韋可，以爲左、國、史、漢、唐宋諸家之文亦可。蓋既具
> 什伯眾人之才，而又篤志好古，取裁非一體，造就非一詣。
> 〔註103〕

然而陳維崧早期詞的風格偏向婉約，後來才轉爲豪放，孫克強《清代

〔註102〕　【清】周濟：《介存齋論詞雜著》，《續修四庫全書》（上海：上海古
　　　　　籍出版社，1995年），冊1732，頁577。

〔註103〕　【清】陳維崧：《湖海樓詞集》（台北：中華書局，1966年），1～2。

詞學》提到：

> 概括起來說，陳維崧功名事業上失意的打擊，生活上的顛
> 沛流離，摯友的亡逝所造成的悲楚意緒，總之，命運的坎
> 坷不平是使他轉變的直接原因。其變化的具體表現爲題材
> 的擴大，語言的豪健，感情的深沉等方面。而這一切都反
> 映了他文學思想的變化，尤其是對詞體認識的變化。〔註104〕

周濟的「詩有史，詞亦有史」，和陳維崧「爲經爲史，曰詩曰詞，閉
門造車，諒無異轍」，形成背景相異。徐楓〈常州詞派前期詞人傳論〉
提到：

> 周濟所處的時代，正是清代今文經學復興之時，其間學術
> 潮流早已有了新變。與早期持今文經學立場的常州學派不
> 同的是，其時的「公羊學」已從純學術上同古文經學家爭
> 學術之高低，而轉向了現實政治，並成爲現實社會中批判
> 與改良的銳利思想武器；「經世致用」之思想也已成爲當時
> 社會政治改良之必然價值取向。受此學術風氣與時風的影
> 響，周濟的《晉略》借史事抒自身之獻畫，非徒考據而已。
> 其詞論則尤其體現了史學家高瞻遠矚的眼光和經世學家關
> 注社會現實的意識。因而，其詞論大大超越了浙西詞派，
> 並成爲常州詞論發展和推衍的功臣。〔註105〕

與張惠言、董士錫「經學家」的背景不同，周濟偏向「史學家」的身
分，前述周濟生平提到，周濟有史學著作《晉略》、《味雋齋史義》，
前者「例精辭潔，於攻取防守地勢，多發明論贊中」、「寓平生經世之
學，借史事發揮之」，後者藉由對《史記》的闡述，「有其所寓者，求
其所寓者」；另外，周濟「喜讀史書和古代將帥兵略，精於射擊刺藝」，
曾協助寶山知縣田鈞防海盜，曾和天理教教徒戰鬥，以及應兩江總督
孫玉庭之邀，打擊兩淮私梟，種種經歷顯示其不只是紙上談兵，而是

〔註104〕孫克強：《清代詞學》（北京：中國社會科學出版社，2004 年），頁
164。
〔註105〕徐楓：《嘉道年間的常州詞派》（台北：雲龍出版社，2002 年），頁
133。

親身經歷了民間動亂且有實際功績，此與張惠言與董士錫的生平相差甚遠，或許因此影響了周濟「詞史」觀的形成。

　　回到周濟的詞論，周濟提到「感慨所寄，不過盛衰，或綢繆未雨，或太息厝薪，或己溺己飢，或獨清獨醒」，周濟於此用了四個典故，「綢繆未雨」出自《詩・豳風・鴟鴞》，文曰：「迨天之未陰雨，徹彼桑土，綢繆牖戶，今女下民，或敢侮予〔註106〕」，朱子注曰：

> 我及天未陰雨之時，而往取桑根以纏綿巢之隙穴，使之堅固，以備陰雨之患，則此下土之民，誰敢有侮予者。亦以比己深愛王室，而預防其患難之意，故孔子贊之曰，為此詩者，其知道乎，能治其國家，誰敢侮之。〔註107〕

意為文人能及早預知災患，防範於未然，為文人對社會的一種殷切關懷；「太息厝薪」出自賈宜《新書・數寧》，文曰：

> 臣竊惟事勢，可為痛惜者一，可為流涕者二，可為長大息者六。若其它倍理而傷道者，難徧以疏舉。進言者皆曰「天下已安矣」，臣獨曰「未安」。或者曰「天下已治矣」，臣獨曰「未治」。恐逆意觸死罪，雖然，誠不安，誠不治，故不敢顧身，敢不昧死以聞。夫曰「天下安且治」者，非至愚無知，固諛者耳，皆非事實知治亂之體者也。夫抱火措之積薪之下而寢其上，火未及燃，因謂之安，偷安者也。方今之勢，何以異此！〔註108〕

顯示文人對社會積弊的憂患意識，以及對世人多苟且偷安之徒感到不滿；「己溺己飢」出自《孟子・離婁》，文曰：

> 禹稷當平世，三過其門而不入：孔子賢之。顏子當亂世，居於陋巷，一簞食，一瓢飲，人不堪其憂，顏子不改其樂：孔子賢之。孟子曰：「禹稷顏回同道。禹思天下有溺者，由己溺之也。稷思天下有飢者，由己飢之也。是以如是其急

〔註106〕　【宋】朱熹注：《詩經》（上海：上海古籍出版社，1991年），頁63。

〔註107〕　【宋】朱熹注：《詩經》（上海：上海古籍出版社，1991年），頁63。

〔註108〕　【漢】賈宜撰；閻振益，鍾夏校注：《新書校注》（北京：中華書局，2010年），頁29。

> 也。禹稷顏子，易地則皆然。今有同室之人鬬者，救之，
> 雖被髮纓冠而救之可也。鄉鄰有鬬者，被髮纓冠而往救之，
> 則惑也；雖閉戶可也。〔註109〕

意為能設身處地對民間疾苦有真實的了解；「獨清獨醒」出自《楚辭·漁父》，文曰：

> 屈原既放，游於江潭，行吟澤畔，顏色憔悴，形容枯槁，漁
> 父見而問之曰：「子非三閭大夫與？何故至於斯！」屈原曰：
> 「舉世皆濁我獨清，眾人皆醉我獨醒，是以見放！」〔註110〕

意為文人不得志於世，不願同流合汙，潔身自好，獨善其身。透過這四個典故，可清楚看到周濟十分注重詞的社會關懷意識，不論是對社會疲敝防範於未然的「綢繆未雨」、意指對偷安之勢深感憂患的「太息厝薪」、能對社會疾苦有真切感受的「己溺己飢」，以及不合於世則獨善其身的「獨清獨醒」，顯示周濟將詞的內容於理論上拓展至能承載士人對社會的憂患意識。徐楓〈周濟對常州詞論的發展〉提到：

> 作為一個生長於嘉道年間，「日之將夕，悲風驟至」之時代
> 的有識之士，勢必更為重視詞學的社會內容，排斥「庸格」、
> 「淺鈍」之無聊詞章。周濟的詞史說，很清楚是把詞視作
> 和負有經國大業之使命的詩文一樣看待的，感慨所寄，多
> 關於「盛衰」二字，並以此獨樹一幟。〔註111〕

強烈的社會意識，使得周濟於詞學思想的廣度上能超出張惠言、董士錫，進而拓展常州詞派的理論。

《介存齋論詞雜著》接著提到：「隨其人之性情、學問、境地，莫不有由衷之言，見事多，識理透，可為後人論世之資，詩有史，詞亦有史，庶乎自樹一幟矣，若乃離別懷思，感士不遇，陳陳相因，唾

〔註109〕 史次耘註譯：《孟子今註今譯》（台北：台灣商務印書館股份有限公司，1995 年），頁 228～229。
〔註110〕 【宋】朱熹：《楚辭集注》（上海：上海古籍出版社，1987 年），頁 116。
〔註111〕 徐楓：《嘉道年間的常州詞派》（台北：雲龍出版社，2002 年），頁 295。

瀋互拾，便思高掭溫韋，不亦恥乎」，周濟指出詞是根植於詞人的「性情」、「學問」、「境地」，結合前面所說的詞人之社會關懷，以個人獨特的「性情」、「學問」、「境地」去針對社會問題進行省思，因此能「見事多，識理透」，發而爲詞則「莫不有由衷之言」。此外，周濟批評「陳陳相因，唾瀋互拾」、侷限於「離別懷思，感士不遇」等內容的狹小格局之作，認爲文人若以此而「思高掭溫韋」，則「不亦恥乎」。

另一點值得注意的是，《介存齋論詞雜著》提到：

> 初學詞求空，空則靈氣往來，既成格調求實，實則精力彌滿，初學詞求有寄託，有寄託，則表裏相宣，斐然成章，既成格調，求無寄託，無寄託則指事類情，仁者見仁，知者見知，北宋詞下者在南宋下，以其不能空，且不知寄託也，高者在南宋上，以其能實，且能無寄託也，南宋則下不犯北宋拙率之病，高不到北宋渾涵之詣。〔註112〕

寄託說自張惠言至董士錫未有明確的闡述，而周濟則是有清楚的指導意識，其將寄託分爲「初學」和「既成格調」，可用下圖表示：

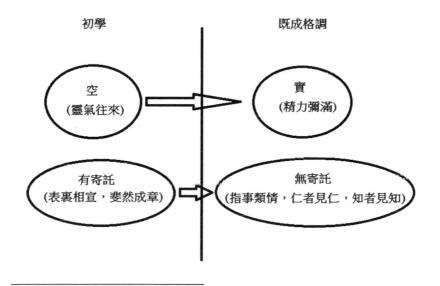

〔註112〕《續修四庫全書》（上海：上海古籍出版社，1995 年），冊 1732，頁 577。

《介存齋論詞雜著》另有一段論述，或可爲參考：

> 學詞先以用心爲主，遇一事見一物，即能沈思獨往，冥然
> 終日，出手自然不平，次則講片段，次則講離合，成片段
> 而無離合，一覽索然矣，次則講色澤音節。〔註113〕

在前述有關周濟的詞學觀點裡，多受到董士錫影響，如對於詞家的喜
好、藉由詞「委曲以致其情」來達到「平矜釋躁，懲忿窒欲，敦薄寬
鄙」的效果等，而「詩有史，詞亦有史」的觀念，從周濟的史學家背
景以及生平經歷也可找到關聯，但關於周濟對常州詞派理論深具啓發
意義的「創作論」，前人著作中多針對內容進行闡釋，卻較少提及其
「創作論」的形成由來。

　　筆者以爲，周濟有關詞學的創作指導理論，或可參考於書畫理
論，周濟在論詞上有採用繪畫用語，如評周邦彥「鉤勒之妙無如清眞，
他人一鉤勒便薄，清眞愈鉤勒愈渾厚〔註114〕」，用「鉤勒」來形容清
眞詞的思致精工〔註115〕，另外，周濟有畫論《折肱錄》，顯示其於繪
畫領域亦有涉及。

　　「初學詞求空，空則靈氣往來」，筆者有稍微不同於前人的看法
〔註116〕，筆者以爲，此處意近於書畫理論的「意在筆先〔註117〕」，

〔註113〕 同上註。
〔註114〕 【清】周濟：《介存齋論詞雜著》，《續修四庫全書》（上海：上海古
　　　　籍出版社，1995 年），冊 1732，頁 577～578。
〔註115〕 「『勾勒』在畫中是指用線條勾畫出物體輪廓的筆法，在詞中則是
　　　　指顯明詞中作者寓意主旨的文字。周濟的意思爲，詞體強調含蓄蘊
　　　　藉之美，詞中主旨以隱含不露爲高。所以一般詞人或不懂含蓄，或
　　　　惟恐別人不理解詞中主旨而使用勾勒手法以顯明之，其結果卻喪失
　　　　蘊藉之美，使詞流於淺薄寡味，所以『一勾勒便薄』；周邦彥的
　　　　詞以渾厚見長，但周詞中往往也有些點明主旨的勾勒之句，周詞的
　　　　勾勒不僅沒有使詞的含蓄蘊藉之美受到影響，反而『愈勾勒愈渾
　　　　厚』，審美價值更高，這是其他詞人所不能達到的境界。」見孫克
　　　　強：《清代詞學批評史論》（上海：上海古籍出版社，2008 年），頁
　　　　225～226。
〔註116〕 黃志浩〈周濟對常州派詞學體系的奠定〉對「初學詞求空，空則靈
　　　　氣往來，既成格調求實，實則精力彌滿」的看法爲：「關於周濟『空』

在創作之前須對所欲表達的想法、意念有深刻的了解，如上引《介存齋論詞雜著》：「學詞先以用心爲主，遇一事見一物，即能沈思獨往，冥然終日，出手自然不平」，文人與外在物象接觸進而起興時，能潛心思索，「沈思獨往，冥然終日」，於心中具體描繪出所欲表達的想法，如此才能「出手自然不平」，至於「片段」、「離合」、「色澤」、「音節」等技巧層面，則是次要的。在達到「空」的境界後，見物而起興之「意」脫離了外在物象的侷限，隨作者賦形，因而「靈氣往來」、不受拘束，此爲周濟對於初學的要求。

完成第一階段後，接著「求實」，「實則精力彌滿」，前面提及周濟的「詞史」說時，提到「隨其人之性情、學問、境地，莫不有由衷之言，見事多，識理透，可爲後人論世之資」，套用在這邊的框架，「隨其人之性情、學問、境地，莫不有由衷之言」尚在初學的準備階段，「見事多，識理透，可爲後人論世之資」則爲「既成格調」的「實」的階段，文人通過「空」的階段，對於社會現象起興，「見事多，識理透」，累積眞切的「意」，才能達到所謂「精力彌滿」的境界，因此「空」或爲創作前的一種心裡準備狀態，通過「空」的狀態對物象有

與『實』的理論，顯然是從張炎《詞源》中的『清空』、『質實』理論變化而來……在周濟所處的姜、張影響仍然頗大的當時，周濟從中得到啓發，反其意而發揮之，是很自然的事」，後面則引用《詞源》的内容去解釋「空」與「實」，但筆者以爲，《介存齋論詞雜著》約成於嘉慶十七年，在此之前，周濟已與董士錫切磋詞學，由早期受浙派影響漸漸趨向常州詞派的論詞意識，且周濟作於嘉慶十七年的〈詞辨序〉在提到和董士錫切磋的過往，曾述及自己認爲「玉田熹畫於言，不甚好」，「空」與「實」的理論框架或許有受到張炎的「清空」、「質實」的影響，但在内容上，筆者以爲和張炎之說關聯較少。

〔註117〕 「意在筆先」最早由東晉書法家衛鑠提出，其後王羲之亦承其說，王羲之在〈題衛夫人筆陣圖後〉提到：「夫欲書者，先干研墨，凝神靜思，預想字形大小、偃仰、平直、振動，令筋脈相連，意在筆先，然後作字」，之後，「意在筆先」即成爲歷代書畫創作指導性原則之一。見雷森明：〈析寫意人物畫中的「意在筆先」〉（《藝術探索》，2014 年 6 月），第 28 卷第 3 期，頁 84～86。

眞切的描繪且有足夠的累積，才能臻至「實」的要求。

除了「空」與「實」的觀點，周濟還並舉「無寄託」與「有寄託」，此與下一點會談到的《宋四家詞選》裡的敘述有關聯性，留待之後探討。

二、詞學觀的成熟——《宋四家詞選》

〈宋四家詞選目錄序論〉作於道光十二年，標誌著周濟詞學觀的成熟，其以周邦彥、辛棄疾、王沂孫、吳文英爲詞人學詞途徑的代表。此篇序文內容豐富，周濟針對不同詞家皆有獨到的見解，常州詞派的寄意說於此也有了新的理論深度，以下論述之。

〈宋四家詞選目錄序論〉提到：

> 夫詞，非寄託不入，專寄託不出，一物一事，引而伸之，
> 觸類多通，驅心若游絲之冒飛英，含毫如郢斤之斫蠅翼，
> 以無厚入有間，既習已，意感偶生，假類畢達，閱載千百，
> 馨欬弗違，斯入矣。賦情獨深，逐境必寤，醞釀日久，冥
> 發妄中，雖鋪敘平淡，摹繢淺近，而萬感橫集，五中無主，
> 讀其篇者，臨淵窺魚，意爲魴鯉，中宵驚電，罔識東西，
> 赤子隨母笑啼，鄉人緣劇喜怒，抑可謂能出矣。〔註118〕

關於這段論述，歷來學者多有研究，吳宏一〈常州派詞學研究〉提到：

> 這裏所謂「入」，大致是指創作而言的，而所謂「出」，則
> 包含創作與鑑賞兩者，尤其偏重在鑑賞方面。這與王國維
> 《人間詞話》的「入乎其內，故能寫之，出乎其外，故能
> 觀之」是可相通的。然而，把這段話拿來跟前面所引的先
> 求有寄託、後求無寄託諸語比較，可以發現，還是沒有什
> 麼差異。這裏所謂「入」，等於是「有寄託」，所謂「出」，
> 等於是「無寄託」。唯一不同的是，這裏還另外重視寫作技
> 巧，特別提出了「以無厚入有間」一語。「無厚入有間」一
> 語，出自《莊子·養生主》篇，就是「游刃有餘」的意思。

〔註118〕《續修四庫全書》（上海：上海古籍出版社，1995 年），冊 1732，
頁 592。

　　它在這裏所代表的，就是一份蘊藉深微的寫作技巧。有了
　　它，才能使「有寄託」變成「無寄託」，才能使「入」變成
　　「出」……所謂「出」，所謂「無寄託」，並不是出而不入
　　的出，也不是眞的無寄託，而是眞正的「入」，眞正的「有
　　寄託」。「絢爛之極，復歸自然」、「得來容易卻艱辛」、「豪
　　華落盡見眞淳」，差可言之。〔註119〕

吳宏一認爲「入」與「出」的觀點可與《介存齋論詞雜著》的「有寄
託」、「無寄託」等而觀之，唯一不同的是此處多了「以無厚入有間」
的說法，吳宏一認爲「以無厚入有間」意爲「蘊藉深微的寫作技巧」，
藉此能使「有寄託」變成「無寄託」、「入」變成「出」，上述的看法
可用下圖表示：

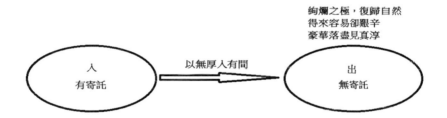

　　吳宏一的論點清晰，但對於「一物一事，引而伸之，觸類多通，
驅心若游絲之罥飛英，含毫如郢斤之斲蠅翼」的論述，以及「意感偶
生，假類畢達，閱載千百，謦欬弗違，斯入矣……讀其篇者，臨淵窺
魚，意爲魴鯉，中宵驚電，罔識東西，赤子隨母笑啼，鄉人緣劇喜怒，
抑可謂能出矣」沒有細部的解釋。

　　朱惠國〈常州詞派初創時期的詞學思想〉提到：
　　　有寄託入是作詞的第一階段，也即入門階段，這一階段須
　　　講究寄託，所謂「非寄託不入」。這又可以分成兩個步驟，
　　　周濟用較詳細的筆觸對此作了描述：第一步驟是以十分細

〔註119〕吳宏一：《清代詞學四論》（台北：聯經出版事業公司，1990 年），
　　　　　頁 149～150。

膩的心靈去感受世上的一事一物……并由這些自然界的事
物引發一種大致相對應的人或事以及對這些人和事的價值
評判，這是由「物」到「意」的過程……如果説，「有寄託
入」是一種入門的訓練手法，那麼「無寄託出」則是創作
的高級階段；入門訓練需要的是有規則，創作高級階段追
求的是無規則。無規則是有規則的化境，要求創作者對規
則高度熟練，化有形爲無形。這時作者所要寄託的情感和
所選用的物象不再是一種明確的對應關係，而是一種似有
若無，能感受卻又比較模糊的關係……周濟也用十分形象
的語言對這種境界作了精彩的描述：「臨淵窺魚，意爲魴
鯉，中宵驚電，罔識東西，赤子隨母笑啼，鄉人緣劇喜怒。」
這裡有三個層次：首先是意象的不確定性，水中有魚，但
難辨是魴是鯉；其次是意象強烈的震撼力和穿透力，讀者
爲意象所震撼，如半夜爲雷電驚醒，一時茫然，難識東西；
最後是意象潛移默化的感染力，使讀者於不知不覺中受其
感染。三個層次一層層深入，描畫出「無寄託出」所達到
的藝術效果。〔註120〕

朱惠國除了闡述「有寄託入」、「無寄託出」，同時對周濟「出」的境
界敘述有所解釋。朱惠國另外提到：

「無寄託出」不僅使詞的創作達到一種得魚忘筌的藝術化
境，而且因爲其意象的不確定性和寄託指向的模糊性，就
可使詞中意象的喻意具有了一種泛指性，讀者可以從中感
受到一種寓意，但這種寓意又非常模糊，就像一幅抽象派
的繪畫作品，每個不同經歷、不同文化背景、不同心情的
人都可以從中找到符合自己情感需要的解釋。〔註121〕

周濟的「無寄託出」使得讀者對於作品的解讀更爲彈性，相較於張惠
言偏向政教倫理的闡釋，以及如董士錫認爲作品只有作者本身才能了

〔註120〕 朱惠國：《中國近世詞學思想研究》（上海：上海古籍出版社，2005
年），頁98～99。
〔註121〕 朱惠國：《中國近世詞學思想研究》（上海：上海古籍出版社，2005
年），頁99。

解〔註122〕，這樣的理論無疑地使得詞學具有更豐富的引申意涵。

值得注意的是，周濟的畫論《折肱錄》，和其論詞的敘述異曲同工，有相近之處，可作爲參考：

> 一幅之畫，不知幾千萬筆，而始於一筆，然後有兩三四筆。筆筆相生，而章法出焉，故曰：「骨法天成」。昔人謂張娟素於敗壁視其隆窪。又云古人作畫，最重粉本。夫其經營慘淡，至於積日累月不能下筆，豈眞在分合疏密，徑路出入之尺度哉？誠審其順逆之用。務使我之天機勃發者。冥符於彼之形勢而無扞格於心手之間也。故必先能目無全牛，而後可以胸有成竹。反此者隨人步趨，是謂畫奴。〔註123〕

筆者以爲此處近於「初學詞求空，空則靈氣往來」的敘述，必須先對所欲表達的物象有深入且全面的了解，才能達到「目無全牛」、「胸有成竹」的境界。又《折肱錄》：

> 問太求似眞，恐犯板重。或須意到筆不到，留些偏缺處否？曰：意到筆不到，並非偏缺之謂。一筆落紙，常恐生氣不能滿足，或致偏缺不能似眞，生氣何慮板重？問意到筆不到，是何巧妙？曰：只是接構熟耳。山根樹背，有必須交

〔註122〕董士錫〈劉冊安詩敘〉提到：「余謂冊安詩各像乎人之性情，吾之不能知于子，猶子之不能知于吾也。曹子建云文之佳惡，吾自知之，後世誰相知定吾文者，余則以爲雖竝世而不相知也。」但另一方面，「知人論世」的傳統仍是董士錫作爲讀者的解讀方式，如〈藤華吟館詩敘〉：「讀古人詩者，必且綜其生平立朝行事之跡以相印證，則即詩以見其志者，亦即詩以見其人」，〈周保緒詞敘〉：「保緒往季以舉進士而不得意于有司，感慨悲憤頗形于色，既且釋然，予謂保緒銳然以直道自任，未爲非也，君子之道不以用舍黷其志，不以逆順挫其气，而況保緒季未三十，遇不用方，以此曾益其不能，又豈足爲怪，而人或且俪保緒以其勇敢駿屬之气爲可以風夫，保緒之學之有深淺得失，固宜與世共見之也，而豈在是哉，抑余之所以知保緒者，其有以異乎人也，讀其詞，而有感于斯焉，故復論之亦唯保緒自知之而已」，以及〈餐華吟館詞敘〉：「小秋于世事無所就，一寄之于詞，後之人讀其詞者如見小秋也」，顯示其解讀作品的標準約略可視爲兩種模式，一爲「作者自知」，一爲「知人論世」。

〔註123〕【清】周濟：《折肱錄》（台北：藝文印書館，1975年），頁8。

代者，有可以不必交代者，有斷乎交代不得者，只以人目
力所到爲憑。如隔樹望山根，近則必須交代，遠則中有天
光，天光下臨，目力爲天光所隔，即可不必交代矣。〔註124〕

「意到筆不到」，或許和「無寄託出」的渾化無痕有相近旨趣。周濟
「無寄託出」的境界論，可於繪畫理論中找到許多值得相互參考之
處，陳師曾《中國文人畫之研究》提到：

元之四大家，皆品格高尚，學問淵博。故其畫上繼荊關董
巨，下開明清諸家法門。四王吳惲都從四大出，其畫皆非
不形似，格法精備，何嘗牽強不周到，不完足，即雲林不
求形似，其畫樹何嘗不似樹？畫石何嘗不似石？所謂不求
形似者，其精神不專注於形似，如畫工之鉤心鬥角，惟形
之是求耳，其用筆時另有一種意思，另有一種寄託，不斤
斤然刻舟求劍，自然天機流暢耳，且文人畫不求形似，正
是畫之進步，何以言之，吾以淺近取譬，今有人初學畫時，
欲求形似而不能，久之則漸似矣，久之則愈似矣，後以所
見物體，記熟於胸中則任意畫之，無不形似，不必處處描
寫，自能得心應手，與之契合，蓋其神情超於物體之外，而
寓其神情於物象之中，無他，蓋得其主要之點故也。庖丁解
牛，中其肯綮，迎刃而解，離神得似，妙合自然。〔註125〕

常州詞派的興寄論，發展至周濟可謂臻至化境，具有更廣泛的意涵
與解讀空間，如上引的畫論，作畫不求形似，而是求超脫於物外的
一種精神，但這樣的境界並非一蹴可幾，而是「欲求形似而不能，
久之則漸似矣，久之則愈似矣，後以所見物體，記熟於胸中則任意
畫之，無不形似，不必處處描寫，自能得心應手，與之契合」，經由
這樣的步驟最後達到不被物象拘束的寄意，自然能如庖丁解牛般，
游刃有餘矣。

〈宋四家詞選目錄序論〉除了詞學理論上的成熟，尚有許多針對

〔註124〕【清】周濟：《折肱錄》（台北：藝文印書館，1975 年），頁 16。
〔註125〕收於傅抱石：《中國繪畫理論》（台北：里仁書局，1985 年），頁 47。

詞家的評論，周濟以周邦彥、辛棄疾、王沂孫、吳文英為詞人的學詞典範，影響後學深遠。綜觀周濟的學詞經歷，自嘉慶九年和董士錫切磋，不論在詞家的取捨或是「委曲以致其情」的論述上，受董士錫影響甚多。另一方面，由於其史學家的身份和親身經歷社會動亂的生平背景，使得周濟的詞學觀較張惠言、董士錫開闊，「詞史」說的提出，使得詞能寄寓文人對社會的憂患意識，異於張惠言上溯風騷的復古精神和董士錫偏向個人抒情的委婉寄意。至道光十二年（1832 年）的〈宋四家詞選目錄序論〉，除了成熟的詞學指導意識，「寄託」說的獨樹一幟，使得讀者對於作品有更廣的詮釋空間，此外，理論本身的藝術性，和繪畫理論可相互參考。

　　若將周濟的詞學觀以傳播學的角度探討，可表現於下圖：

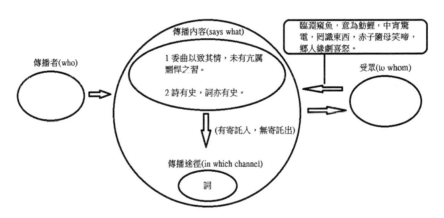

　　周濟認為「委曲以致其情，未有亢厲剽悍之習」為「正聲之次」，但藉由詞「委曲以致其情」，作者本身可獲得「平矜釋躁，懲忿窒欲，敦薄寬鄙」的傳播效果（withwhateffect），此點和董士錫同；「感慨所寄，不過盛衰」的「詞史」觀，藉詞寄寓文人對社會的憂患意識，使得周濟的論詞內容較張惠言與董士錫來得廣泛。另外，「寄託」說至周濟有了新的發展，「有寄託」與「無寄託」、「入」與「出」等觀念的提出，使得「寄託」理論得以深化。另一方面，在讀者接受論上，

「臨淵窺魚，意爲魴鯉，中宵驚電，罔識東西，赤子隨母笑啼，鄉人緣劇喜怒」使得讀者對於作品有更大的詮釋空間，爲常州詞派理論的一大拓展〔註126〕。

　　藉由張惠言、董士錫、周濟的探討，可發現張惠言的詞學理論和董士錫、周濟較無關聯，董士錫於嘉慶元年（1796 年）到嘉慶三年（1798 年）至安徽歙縣向張惠言求教，正值張惠言編選《詞選》，但事實上董士錫的詞學觀和張惠言大不相同，且董士錫在文章中自述易學承自張惠言，詞學上的傳承卻隻字未提；另一方面，張惠言逝世於嘉慶七年（1802 年），和周濟沒有直接往來，而周濟在嘉慶九年（1804 年）認識董士錫，兩人對於詞學雖然各有己見，但實際上董士錫影響周濟較多，爲周濟的詞學導師。綜上所述，雖然董士錫和張惠言有著師承關係，但筆者以爲兩人在詞學上的連結不深，論及董士錫在常州詞派的地位爲「承上」於張惠言，略嫌不妥，另外，董士錫影響周濟甚深，「啓下」之功實爲確論。

〔註126〕葉嘉瑩〈從中國詞學之傳統看詞之特質〉提到：「就讀者而言，則更可以因其『臨淵窺魚，意爲魴鯉，中宵驚電，罔識東西』的感發和聯想，而對作品做出『仁者見仁，知者見知』的各種不同的解說，這自然就更爲後來之以比興寄託說詞者，開啓了一個廣大的法門。於是譚獻在《復堂詞錄・序》中，就曾推衍周氏之說而更提出了『甚且作者之用心未必然，而讀者之用心何必不然』的說法。如此則說詞者之聯想遂得享有絕大之自由，而不致再有牽強比附之譏，這自然是常州派詞論的一大拓展。」見葉嘉瑩：《中國詞學的現代觀》（台北：大安出版社，1999 年），頁 17～18。

第四章　董士錫的詞學對董毅《續詞選》、周濟《詞辨》的影響

　　根據前述的研究成果，筆者以爲董士錫雖然師承張惠言，但在詞學的思想上與張惠言相異，而嘉慶九年和周濟往來後，對於周濟的詞學觀影響甚深，除了從周濟的〈詞辨序〉可看出董士錫的影響，從《詞辨》的選詞意識也可以找出董士錫論詞的脈絡，而周濟晚年的著作《宋四家詞選》，筆者以爲可視爲《詞辨》的延伸與開展，推尊四家的意識在《詞辨》中已見端倪；另一方面，董士錫的兒子董毅，編選了《續詞選》，對於張惠言的《詞選》有補充之功，從《續詞選》中亦可找出董士錫可能的影響。筆者欲以《續詞選》、《詞辨》二部詞選爲探討對象，試著敘述董士錫的詞學思想在董毅《續詞選》及周濟《詞辨》有怎樣的衍伸。

第一節　董毅《續詞選》的選詞意識

　　據《宜興胥井、武進前街董氏合修家乘》提到：

> 　（董毅）一字思誠，字子遠，縣學增生，道光庚子舉人，揀選知縣，著有《蛻學齋詞》，生嘉慶八年十二月初六日申時，辛咸豐元年正月二十八日酉時，年四十九。〔註1〕

〔註1〕《宜興胥井、武進前街董氏合修家乘》，卷九，前街分雲樵公董趙氏分，世表四，十六世至二十世。

董士錫之子董毅除了《續詞選》，尚有《蛻學齋詞》二卷。《蛻學齋詞》
後面有兩段跋文，茲引如下：

> 族叔子遠先生爲貽清童子師，先年有《續詞選》一刻，淵
> 源張氏，不媿外家宗風，大江南北，久已風行，至其生平
> 著作，亦沈博絕麗，尤工倚聲，惜庚申之變，盡歸零落，
> 今夏哲晜子中先生，自南中來，出《蛻學齋詞》二卷見示，
> 徐子楞丈云，晴絲麗空，落花無主，可以方斯文境，洵知
> 言也，亟爲付梓，以示仰止之意，辛未六月，受業姪貽清
> 謹識。〔註2〕

這篇跋文的作者爲董氏家族第二十世董貽清〔註3〕，文中提到董毅爲
董貽清的童子師，所著《續詞選》，「淵源張氏，不媿外家宗風，大江
南北，久已風行」，而其他著作，「亦沈博絕麗，尤工倚聲，惜庚申之
變，盡歸零落」，「庚申之變」爲第二次英法聯軍，由於此事故使得董
毅著作「盡歸零落」，由此可推斷董毅著作原本或許不只《蛻學齋詞》、
《續詞選》而已。又：

> 十九世祖子遠公，諱毅，又字思誠，道光庚子舉人，爲晉
> 卿公家嗣，其《續詞選》一刻已家置一編，爲世所珍視。
> 此書刊於咸豐辛未，流傳絕少，搜訪有年，僅獲一帙，此
> 次遘難，未攜行篋，事定而還，琹書俱燼，獨是編僅存，
> 藉非神靈呵護，何以及此，略加釐正，先付聚珍，重謀剞
> 劂，第國難方殷，未知何日能償此願耳，戊寅初夏，裔孫
> 緄菴謹識。〔註4〕

文中提到的咸豐辛未應該是筆誤，咸豐元年至咸豐十一年爲 1851 年
到 1861 年，而辛未年爲 1871 年。由「此次遘難，未攜行篋，事定而
還，琹書俱燼，獨是編僅存，藉非神靈呵護，何以及此」，可知《蛻
學齋詞》的留存，實爲不易。

〔註2〕 董康：《廣川詞錄》（民國辛巳年董氏刊本），第 7 冊。
〔註3〕 《宜興胥井、武進前街董氏合修家乘》自南宋末董綜爲一世，董士
　　　 錫、董毅父子爲十八世、十九世。
〔註4〕 同註2。

　　董毅的生平資料不多，且未有關於詞學的論述流傳，觀其《蛻學
齋詞》，僅有兩篇晚輩的跋文，而《續詞選》僅見張琦的序文，較難
看出董毅對於詞學的想法。另一方面，董毅在常州詞派的地位，論者
往往和董士錫相提並論，而《續詞選》即為董毅的詞學具體成果，如
前引的跋文：「先年有《續詞選》一刻，淵源張氏，不媿外家宗風，
大江南北，久已風行」，另外，如龍沐勛〈論常州詞派〉：

　　張氏詞學之傳，得董氏父子，轉益發揚光大。周止庵氏，
　　受詞法於晉卿，而持論益精，乃復恢張疆宇，而常州詞派
　　遂愈為世所崇尚。〔註5〕

以及葉嘉瑩〈常州詞派比興寄托之說的新檢討〉：

　　張氏更傳其學於其甥同邑之董士錫，董氏又傳其學於其子
　　董毅，及另一常州人荊溪之周濟。董毅編有《續詞選》，而
　　於詞論則並無申述。〔註6〕

論者多以張惠言→董士錫→董毅為傳承軸線，具體的根據即為《續詞
選》，張琦〈續詞選序〉提到：

　　詞選之刻，多有病其太嚴者，擬續選而未果，今夏外孫董
　　毅子遠來署，攜有錄本，適愜我心，爰序而刊之，亦先兄
　　之志也。〔註7〕

《續詞選》得到張琦的認可，對於這樣一部詞選的刊刻，張琦認為「亦
先兄之志也」。藉由董毅《續詞選》的研究，可探討其對張惠言《詞
選》有怎樣的補充和發揮，亦可找出董士錫影響的脈絡。

　　至於董毅《續詞選》對於張惠言《詞選》有怎樣的補充之功呢？
若將兩部詞選加以統計，可用下表呈現：

〔註5〕　龍榆生：《龍榆生詞學論文集》（上海：上海古籍出版社，2009年），
　　　　頁425。
〔註6〕　葉嘉瑩：《清詞論叢》（北京：北京大學出版發行，2008年），頁162。
〔註7〕　【清】董毅：《續詞選》，《續修四庫全書》（上海：上海古籍出版社，
　　　　1995年），冊1732，頁557。

	《詞選》		《續詞選》	
唐詞	（三家二十首）		（四家九首）	
	李太白	一首	李太白	一首
	溫飛卿	十八首	溫飛卿	五首
	無名氏	一首	張子同	一首
			皇甫子奇	二首
五代詞	（八家二十六首）		（六家十三首）	
	南唐中主	四首	後唐莊宗	一首
	後主	七首	薛昭蘊	一首
	韋端己	四首	韋端己	三首
	牛松卿	三首	毛熙震	二首
	牛希濟	一首	李珣	三首
	歐陽炯	一首	馮正中	三首
	鹿虔扆	一首		
	馮正中	五首		
宋詞	（三十三家七十首）		（四十二家一百首）	
	宋徽宗	一首	晏同叔	二首
	晏同叔	一首	范希文	一首
	范希文	一首	歐陽永叔	一首
	晏叔原	一首	王介甫	一首
	韓玉汝	一首	柳耆卿	二首
	歐陽永叔	二首	蘇子瞻	三首
	張子野	三首	秦少游	八首
	蘇子瞻	四首	賀方回	一首
	秦少游	十首	章質夫	一首
	賀方回	一首	舒信道	一首
	趙德麟	一首	趙德麟	一首
	張芸叟	一首	劉巨濟	一首
	張元澤	一首	周美成	七首
	周美成	四首	徐幹臣	一首
	田不伐	二首	陳子高	三首
	陳子高	二首	魯逸仲	一首
	李玉	一首	葉少蘊	一首
	謝任伯	一首	陳去非	一首

朱希眞	五首	趙長卿	一首
辛幼安	六首	辛幼安	二首
張安國	一首	張安國	一首
韓無咎	一首	程正伯	三首
李知幾	一首	劉潛夫	一首
姜堯章	三首	愈國寶	一首
尹惟曉	一首	姜堯章	七首
史邦卿	一首	劉改之	一首
王聖與	四首	楊炎	一首
張叔夏	一首	謝勉仲	一首
黃德文	一首	陸子逸	一首
吳彥高	一首	高賓王	一首
李易安	四首	史邦卿	三首
鄭文妻孫氏	一首	方巨山	一首
無名氏	一首	吳君特	二首
		蔣勝欲	一首
		周公謹	二首
		王聖與	四首
		張叔夏	二十三首
		吳彥高	一首
		德祐太學生	二首
		李易安	一首
		朱淑眞	一首
		徐君寶妻	一首
詞家和詞作數量合計	四十四家 一百一十六首	五十二家 一百二十二首	

經由上表，可看出《詞選》與《續詞選》在各個時代所選詞家與詞作的數量上有相近之處，若用百分比呈現，則為下表：

	詞家		詞作	
	《詞選》	《續詞選》	《詞選》	《續詞選》
唐詞	6.82%	7.69%	17.24%	7.38%
五代詞	18.18%	11.54%	22.41%	10.65%
宋詞	75%	80.77%	60.35%	81.97%

　　在詞家的選取比例上，《詞選》和《續詞選》整體來說相近；在詞作的選取比例上，可明顯發現《詞選》不論在唐詞或五代詞皆高於《續詞選》，宋詞則是《續詞選》多過於《詞選》，唐五代詞在《詞選》合計所佔的比例為 39.65%，將近四成，遠大於《續詞選》的18.03%，但在宋詞的選取比例上，《續詞選》則是多於《詞選》21.62%，綜上所述，儘管在詞家的選取數量上兩部詞選相近，但詞作上則可看出《詞選》較《續詞選》注重唐五代詞，《續詞選》則是明顯重於宋詞的選取。

　　為何《詞選》在唐五代詞的選取比例上不低？張惠言〈詞選序〉提到：

> 自唐之詞人李白為首，其後韋應物、王建、韓翃、白居易、劉禹錫、皇甫淞、司空圖、韓偓並有述造，而溫庭筠最高，其言深美閎約，五代之際，孟氏、李氏君臣為謔，競作新調，詞之雜流由此起矣，至其工者往往絕倫，亦如齊梁五言，依託魏晉，近古然也。〔註8〕

張惠言論詞家自唐朝李白為始，其後列舉唐之詞人多家且認為皆有一定成就，而張惠言最推崇的詞家為溫庭筠，認為「其言深美閎約」；五代詞雖然因為「孟氏、李氏君臣為謔，競作新調」，而「詞之雜流由此起矣」，但張惠言認為五代詞的佳者「往往絕倫」，究其原因，張惠言認為是「近古然也」，由此可見以溫庭筠詞為首的唐五代詞雖然不如宋詞繁盛，但在張惠言心中仍佔著重要的地位，而《續詞選》則是改變了選詞結構，將重心移往宋詞，此為《續詞選》的不同之處。

　　值得注意的是，不論是《詞選》或《續詞選》，在選詞時並未區分南北宋，雖然學者在研究《詞選》、《續詞選》時多區隔北宋詞和南宋詞〔註9〕，但由於彼此劃分範圍的不同，進而使統計上的數據存在

〔註8〕 【清】張惠言：《詞選》，《續修四庫全書》（上海：上海古籍出版社，1995 年），冊 1732，頁 536。

〔註9〕 在《詞選》的統計數據上，吳宏一《清代詞學四論》裡的〈常州派詞學研究〉，北宋詞選了二十一家四十八首，南宋詞選了十二家二十

著歧異，筆者以爲，張惠言與董毅在選詞時代的劃分上，僅列唐、五代、宋，於宋朝並未區分南北宋，兩人皆將兩宋詞視爲一個整體，因此可將兩宋詞一併而論。

　　若以詞家的選詞數量爲探討角度，可用下表呈現：

《詞選》		《續詞選》	
溫庭筠	十八首	張叔夏	二十三首
秦少游	十首	秦少游	八首
南唐後主	七首	周美成	七首
辛幼安	六首	姜堯章	七首
馮正中	五首	溫庭筠	五首
朱希眞	五首	王聖與	四首
南唐中主	四首	韋端己	三首
韋端己	四首	李珣	三首
蘇子瞻	四首	馮正中	三首
周美成	四首	蘇子瞻	三首
王聖與	四首	陳子高	三首
李易安	四首	程正伯	三首
牛松卿	三首	史邦卿	三首
張子野	三首	皇甫子奇	二首
姜堯章	三首	毛熙震	二首
歐陽永叔	二首	晏同叔	二首
田不伐	二首	柳耆卿	二首
陳子高	二首	辛幼安	二首
李太白	一首	吳君特	二首
無名氏	一首	周公謹	二首
牛希濟	一首	德祐太學生	二首
歐陽炯	一首	李太白	一首

二首，徐楓《嘉道年間的常州詞派》裡的〈張惠言的《詞選》與詞論〉，北宋詞選了十六家三十六首，南宋詞選了十七家三十四首，由於有些詞人生卒年不詳，或是生平跨越兩朝，較難被歸類，若是依照吳宏一的統計數據，或許可以解讀成張惠言《詞選》在選詞上比較偏重北宋，但若依徐楓的數據，則兩朝相差無幾。

鹿虔扆	一首	張子同	一首
宋徽宗	一首	後唐莊宗	一首
晏同叔	一首	薛昭蘊	一首
范希文	一首	范希文	一首
晏叔原	一首	歐陽永叔	一首
韓玉汝	一首	王介甫	一首
賀方回	一首	賀方回	一首
趙德麟	一首	章質夫	一首
張芸叟	一首	舒信道	一首
王元澤	一首	趙德麟	一首
李玉	一首	劉巨濟	一首
謝任伯	一首	徐幹臣	一首
張安國	一首	魯逸仲	一首
韓無咎	一首	葉少蘊	一首
李知幾	一首	陳去非	一首
尹惟曉	一首	趙長卿	一首
史邦卿	一首	張安國	一首
張叔夏	一首	劉潛夫	一首
黃德文	一首	愈國寶	一首
吳彥高	一首	劉改之	一首
鄭文妻孫氏	一首	楊炎	一首
無名氏	一首	謝勉仲	一首
		陸子逸	一首
		高賓王	一首
		方巨山	一首
		蔣勝欲	一首
		吳彥高	一首
		李易安	一首
		朱淑眞	一首
		徐君寶妻	一首

　　首先值得注意的是，《續詞選》選詞選最多的爲張炎的二十三首，相較於《詞選》僅選一首，數量大幅提升。關於董毅選了大量的張炎詞，夏承燾在〈詞論八評・張惠言〈詞選序〉〉提到：

近於朱彝尊《詞綜》的選詞宗旨，而違背了張惠言爲「浙派」救弊的原意了。這由於張氏原選矯朱氏之枉而不免過正，董毅矯張氏之枉，結果卻又墮入朱氏的舊窠臼裏去了。〔註10〕

在張惠言編纂《詞選》之時，浙派詞風仍然盛行，《詞選》的編纂可謂是針對浙西詞派的反動，朱彝尊論詞重南宋、崇尚姜夔、張炎，至張惠言《詞選》則是將重心偏往南宋以前，對唐、五代詞予以重視，且以北宋爲重，徐楓在〈張惠言的《詞選》與詞論〉提到：

> 就兩宋詞而言，在實際數量上，南宋詞的數量事實上就遠遠大於北宋詞。五本《全宋詞》，北宋詞僅佔一本餘，而南宋詞則達三本之多。如果說朱彝尊《詞綜》所選，體現出了南北宋詞本身數量之面貌的話，則《詞選》於三本多的南宋詞中，所選居然少於一本之多的北宋詞，其尊北宋之勢再清楚不過了。這樣的去取標準足以說明常州詞派自張惠言始，已開始走上了與浙西詞派「宗南宋」大相逕庭的路子，並對浙西所輕視的北宋詞家給予了很大的重視，顯示了選詞不廢南宋，而又以北宋爲宗的學詞統系。〔註11〕

在這樣的背景下，董毅《續詞選》選了張炎詞二十三首，如夏承燾所言，「董毅矯張氏之枉，結果卻又墮入朱氏的舊窠臼裏去了」，對於《詞選》僅選一首的張炎詞，予以高度的重視，但數量之偏，頗有可議之處。

另外，《續詞選》選詞數量最多的四家，依序是張炎的二十三首、秦觀的八首、周邦彦的七首及姜夔的七首，除了張炎詞，姜夔詞在入選的數量上也偏多，顯示董毅對於《詞選》收錄較少的姜、張詞重新予以重視，如夏承燾所言，此爲董毅「矯張氏之枉」的現象。值得注意的是，董毅選詞最多的四家和其父董士錫所推崇的詞人相合，董士

〔註10〕夏承燾：《夏承燾集》（杭州：浙江古籍出版社，1997 年），冊二，頁410。

〔註11〕徐楓：《嘉道年間的常州詞派》（台北：雲龍出版社，2002 年），頁194。

錫〈餐華吟館詞敘〉提到：

> 蓋嘗論之，秦之長，清以和，周之長，清以折，而同趨於
> 麗；蘇、辛之長，清以雄，姜、張之長，清以逸，而蘇、
> 辛不自調律，但以文辭相高，以成一格，此其異也。六子
> 者，兩宋諸家皆不能過焉。〔註12〕

董士錫所推崇的六家爲秦觀、周邦彥、蘇軾、辛棄疾、姜夔、張炎，秦觀、周邦彥、姜夔、張炎正是董毅《續詞選》選詞數量最多的四家，至於蘇軾、辛棄疾，在《續詞選》中也分別有三首、二首的入選。〈餐華吟館詞敘〉作於董士錫晚年，可能近於《續詞選》的成書時間〔註13〕，因此，筆者以爲董毅的選詞意識或許受到董士錫的影響。

比較《詞選》與《續詞選》，雖然兩部詞選所收的詞人不盡相同，但其中仍有二十一家是相同的，僅收於《詞選》的詞人有二十三家，僅收於《續詞選》的詞人有三十一家，如下一頁的圖表所示：

兩部詞選皆收的詞人			僅收於《詞選》的詞人		僅收於《續詞選》的詞人	
	《詞選》	《續詞選》	無名氏	一首	張子同	一首
			南唐中主	四首	皇甫子奇	二首
李白	一首	一首	後主	七首	後唐莊宗	一首
溫庭筠	十八首	五首	牛松卿	三首	薛昭蘊	一首
韋端己	四首	三首	牛希濟	一首	毛熙震	二首
馮正中	五首	三首	歐陽炯	一首	李珣	三首

〔註12〕　《續修四庫全書》（上海：上海古籍出版社，1995年），冊1507，頁
310。

〔註13〕　〈餐華吟館詞敘〉提到：「余少小秋十年而爲詞且三十年」，據董士
錫《齊物論齋詞》，收錄最早的詞爲嘉慶元年（1796年），假設這是
董士錫最早作詞的時間，三十年後約爲道光五年（1825年），而董士
錫逝世於道光十一年（1831年），因此大概可判斷〈餐華吟館詞敘〉
作於道光五年（1825年）至道光十一年（1831年）之間；另外，張
琦〈續詞選序〉作於道光十年（1830年），由此大概可推斷《續詞選》
的成書時間在道光十年之前，應該和董士錫〈餐華吟館詞敘〉相差
不遠，因此，董毅的選詞意識或許有受到董士錫標舉「六家」的影
響。

晏同叔	一首	二首	鹿虔扆	一首	工介甫	一首
范希文	一首	一首	宋徽宗	一首	柳耆卿	二首
歐陽永叔	二首	一首	晏叔原	一首	章質夫	一首
蘇子瞻	四首	三首	韓玉汝	一首	舒信道	一首
秦少游	十首	八首	張子野	三首	劉巨濟	一首
賀方回	一首	一首	張芸叟	一首	徐幹臣	一首
趙德麟	一首	一首	張元澤	一首	魯逸仲	一首
周美成	四首	七首	田不伐	二首	葉少蘊	一首
陳子高	二首	三首	李玉	一首	陳去非	一首
辛幼安	六首	二首	謝任伯	一首	趙長卿	一首
張安國	一首	一首	朱希眞	五首	程正伯	三首
姜堯章	三首	七首	韓无咎	一首	劉潛夫	一首
史邦卿	一首	三首	李知幾	一首	愈國寶	一首
王聖與	四首	四首	尹惟曉	一首	劉改之	一首
張叔夏	一首	二十三首	黃德文	一首	楊炎	一首
吳彥高	一首	一首	鄭文妻孫氏	一首	謝勉仲	一首
李易安	四首	一首	無名氏	一首	陸子逸	一首
					高賓王	一首
					方巨山	一首
					吳君特	二首
					蔣勝欲	一首
					周公謹	二首
					德祐太學生	二首
					朱淑眞	一首
					徐君寶妻	一首

　　雖然《續詞選》的選詞重心較《詞選》偏向宋詞，但對於《詞選》選最多的溫庭筠，仍有五首的入選，韋莊、馮延巳也各有三首的入選，顯示《續詞選》仍顧及《詞選》的選詞意識。值得注意的是，王沂孫（字聖與）在《詞選》與《續詞選》中各被選入四首不同的詞作，至周濟《宋四家詞選》更列王沂孫為學詞途徑的典範之一，可見王沂孫在常州詞派裡的重要地位。

　　《續詞選》除了和《詞選》選入相同的詞家，同時也刪減及增補了不少詞家，張惠言〈詞選序〉提到：

> 宋之詞家號爲極盛，然張先、蘇軾、秦觀、周邦彥、辛棄
> 疾、姜夔、王沂孫、張炎，淵淵乎文有其質焉，其溢而不
> 反，傲而不理，枝而不物，柳永、黃庭堅、劉過、吳文英
> 之倫，亦各引一端以取重于當世，而前數子者又不免有一
> 時放浪通脫之言出于其間，後進彌以馳逐，不務原其指意，
> 破析乖刺壞亂而不可紀。〔註14〕

從上面的表格中，可看出除了張先之外，張惠言認爲「淵淵乎文有其
質」的詞家，《續詞選》皆有入選，而所謂「各引一端以取重于當世」
的柳永、黃庭堅、劉過、吳文英，《詞選》皆不入選，《續詞選》則取
柳永（字耆卿）二首、劉過（字改之）一首、吳文英（字君特）二首，
吳宏一〈常州派詞學研究〉提到：

> 一是張惠言於名家之作多恝然置之的問題。我以爲選詞的
> 標準，在作品上要注意的二點，一是要選佳作，一是要選
> 名作。名作未必佳作，佳作未必名作，所以應該並存，不
> 可偏廢。因此，張惠言不選柳永、吳文英的作品，從好處
> 說是正可見其膽識，從壞處說，卻是有失公允。〔註15〕

因此，《續詞選》選入柳永、吳文英等的詞作，在一定程度上可謂補
充了《詞選》的不足之處。

　　綜上所述，相較於《詞選》所選的唐五代詞比例，《續詞選》選
詞更偏重宋詞；張炎詞的大量入選，如夏承燾所言，爲「矯張氏之枉，
結果卻又墮入朱氏的舊窠臼裏去了」；另外，《續詞選》選詞最多的四
家，和董士錫推崇的詞家相同，顯示兩人之間可能存在的影響。《續
詞選》對《詞選》既有承襲，亦有刪減、補充之處，張琦提到「詞選
之刻多有病其太嚴者」，《續詞選》的編纂，既合於張琦的標準，也善
盡了續選之功。

〔註14〕【清】張惠言：《詞選》，《續修四庫全書》（上海：上海古籍出版社，
　　　　1995 年），冊 1732，頁 536。
〔註15〕吳宏一：《清代詞學四論》（台北：聯經出版事業公司，1990 年），頁
　　　　198。

第二節　周濟《詞辨》的選詞意識

　　周濟《詞辨》事實上和張惠言《詞選》選詞宗旨相近，兩人雖然沒有直接接觸〔註16〕，但周濟和董士錫、張琦等人往來，受到張惠言的影響是可以推斷的。從〈周氏詞辨序〉中，可看出周濟的《詞辨》仍依循著張氏的選詞意識：

> 余向讀張氏詞選，喜其於源流正變之故，多深造自得之言，
> 張氏之言曰，詞者，蓋出于唐之詩人，采樂府之音，以制新
> 律，因繫其詞，故曰詞，傳曰：「意內而言外謂之詞」。〔註17〕

〈周氏詞辨序〉作於道光二十七年，作者為吳縣潘曾瑋，潘曾瑋於文中引述了張惠言的主張「緣情造端，興于微言，以相感動，極命風謠里巷男女哀樂，以道賢人君子幽約怨悱不能自言之情」，後面則提到：

> 竊嘗觀其去取次弟之所在，大要懲昌狂雕琢之流弊，而思
> 導之於風雅之歸，沿襲既久，承學之士，忽焉不察，余甚
> 病之，嘗欲舉張氏一書，以正今之學者之失，而世之人顧
> 弗之好也，友人承子久儀部好，為詞嘗與余上下其議論，
> 自三唐兩宋迄于元之季世，條分縷晰，未嘗不以余言為然。
> 〔註18〕

由此顯示其認同張氏的詞學理念，〈周氏詞辨序〉續道：

> 蓋子久與余皆取法於張氏，暇出所錄介存周氏《詞辨》二
> 卷，屬為審訂，介存自序，以為曾受法於董晉卿，晉卿亦

〔註16〕據筆者掌握的資料，並未看到張惠言與周濟有往來記錄，另外，吳
　　　　宏一〈常州派詞學研究〉提到：「但是否和張惠言接觸，就大成問題
　　　　了。因為周濟生於乾隆四十六年，而約從此時起，張惠言就離開常
　　　　州，等到周濟到京師參加會試時，張惠言已經去世了。雖然說張惠
　　　　言曾回常州居母喪，但就現存資料卻找不到有關他們往來的記載」，
　　　　顯示張惠言與周濟應是沒有直接往來。
〔註17〕【清】周濟：《詞辨》，《續修四庫全書》（上海：上海古籍出版社，
　　　　1995年），冊1732，頁575。
〔註18〕【清】周濟：《詞辨》，《續修四庫全書》（上海：上海古籍出版社，
　　　　1995年），冊1732，頁575。

學於張氏者，介存之詞貳于晉卿，而其辨説多主張氏之言，
久欲刻而未果，其所選與張氏略有出入，要其大旨，固深
惡夫昌狂雕琢之習而不反，而亟思有以釐定之，是固張氏
之意也，因樂爲敘而刊之，以副子久之屬，介存之論詞，
云見事多、識理透，可爲後人論世之資，詩有史，詞亦有
史，世之譚者多以詞爲小技而鄙夷之，若介存者可謂知言
也。〔註19〕

潘曾瑋提到周濟受法於董士錫，且論詞「多主張氏之言」，雖然選詞
與張惠言「略有出入」，然而「要其大旨，固深惡夫昌狂雕琢之習而
不反，而亟思有以釐定之，是固張氏之意也」，仍是和張惠言的主張
相近。《詞辨》本來有十卷，據周濟的序文，十卷分別爲：

一卷起飛卿爲正，二卷起南唐後主爲變，名篇之稍有疵累
者爲三、四卷，平妥清通，纔及格調者，爲五、六卷，大
體紕繆，精彩間出，爲七、八卷，本事詞話爲九卷，庸選
惡札，迷誤後生，大聲疾呼，以昭炯戒，爲十卷。〔註20〕

然而《詞辨》如今只剩兩卷，序文後面提到：

既成寫本，付田生，田生攜以北，附糧艘行，衣袽不戒，
厄於黃流，既無副本，悵歎而已，爾後稍稍追憶，僅存正
變兩卷，尚有遺落，頻年客遊，不及裒集補緝，恐其久而
復失，乃先錄付刻，以俟將來於摩。詞小技也，以一人之
心思才力，進退古人，既未必盡無遺憾，而尚零落，則述
錄之難爲何如哉。〔註21〕

今存正變兩卷，爲周濟事後追憶而成，非最早的版本。據筆者統計，
《詞辨》所選的詞家和詞作，可用下表呈現：

〔註19〕 【清】周濟：《詞辨》，《續修四庫全書》（上海：上海古籍出版社，
　　　　1995 年），冊 1732，頁 575。
〔註20〕 【清】周濟：《詞辨》，《續修四庫全書》（上海：上海古籍出版社，
　　　　1995 年），冊 1732，頁 579。
〔註21〕 【清】周濟：《詞辨》，《續修四庫全書》（上海：上海古籍出版社，
　　　　1995 年），冊 1732，頁 579。

正		變	
溫庭筠	十首	李後主	九首
韋莊	四首	蜀主孟昶	一首
歐陽炯	一首	鹿虔扆	一首
馮延巳	五首	范仲淹	二首
晏殊	一首	蘇軾	一首
歐陽修	二首	李玉	一首
晏幾道	一首	王安國	一首
柳永	一首	辛棄疾	十首
秦觀	二首	姜夔	三首
周邦彥	九首	陸游	一首
陳克	四首	劉過	一首
史達祖	一首	嚴仁	一首
吳文英	五首	蔣捷	一首
周密	二首	張翥	一首
王沂孫	六首	康與之	一首
張炎	三首		
唐珏	一首		
李清照	一首		
共十八家五十九首		共十五家三十五首	

　　兩卷共收詞家三十三家，詞作九十四首。筆者的統計數字和前人研究略有出入〔註22〕，值得一探。潘曾瑋〈周氏詞辨序〉提到周濟「辨說多主張氏之言」、「所選與張氏略有出入」，從這兩方面來看，周濟《詞辨》的確依循著張惠言的論詞主張。張惠言〈詞選序〉提到：

〔註22〕據吳宏一《清代詞學四論》裡的〈常州派詞學研究〉統計數字，《詞辨》兩卷共收二十七家九十首，「正」卷收五十七首，「變」卷收三十三首，少於筆者的數字：共收三十三家九十四首，「正」卷五十九首，「變」卷三十五首。筆者以為，吳宏一在蘇軾、劉過的統計數字有誤，兩人分別各收一首，非各收兩首，此外，吳宏一少計了歐陽炯一首、史達祖一首、李玉一首、嚴仁一首、張翥一首、康與之一首，故在統計數字上少了筆者詞人六家、詞作四首。而徐楓《嘉道年間的常州詞派》裡的〈周濟對常州詞論的發展〉統計數字，劉過多計了一首，少計了嚴仁一首，故在詞作的統計數字上和筆者相同，詞人則少了一家。

> 自唐之詞人李白爲首，其後韋應物、王建、韓翃、白居易、
> 劉禹錫、皇甫淞、司空圖、韓偓並有述造，而溫庭筠最高，
> 其言深美閎約，五代之際，孟氏、李氏君臣爲謔，競作新
> 調，詞之雜流由此起矣，至其工者往往絕倫，亦如齊梁五
> 言，依託魏晉，近古然也。〔註23〕

張惠言最推崇的詞人爲溫庭筠，認爲其詞「深美閎約」，而五代的孟
昶、李璟、李煜、馮延巳等人以詞爲娛，「競作新調」，雖然其中仍有
佳作，但張惠言認爲「詞之雜流由此起矣」，對照周濟《詞辨》的編
排，其「正」卷以溫庭筠爲首，共收錄十八家五十九首，「變」卷以
李煜爲首，共收錄十五家三十五首，相近於張惠言以溫庭筠爲尊，以
及認爲五代之際「雜流由此起矣」的想法。細究張惠言的詞學觀，雖
然隱約有「正變」的意識，但沒有具體的論述，董士錫則是未有相近
的看法，而周濟明確地區分「正變」，以溫庭筠爲「正」，以後主爲「變」，
或可解讀爲其依循著張惠言的論詞意識，且更加具體化。值得注意的
是，周濟的〈詞辨序〉提到：

> 因欲次弟古人之作，辨其是非，與二張、董氏各存岸略，
> 庶幾他日有所觀省，爰錄唐以來詞爲十卷，而敘之曰，古
> 稱作者豈不難哉，自溫庭筠、韋莊、歐陽修、秦觀、周邦
> 彥、周密、吳文英、王沂孫、張炎之流，莫不蘊藉深厚，
> 而才豔思力各騁一途，以極其致。〔註24〕

文中所謂的「蘊藉深厚，而才豔思力各騁一途」的詞人：溫庭筠、韋
莊、歐陽修、秦觀、周邦彥、周密、吳文英、王沂孫、張炎，皆在《詞
辨》的「正」卷，由此也可看出周濟的選詞取向。徐楓〈周濟對常州
詞論的發展〉提到：

> 「正」卷中諸家詞人，才思不盡相同，但「蘊藉深厚」這
> 一點卻是共同的。周濟正是據此將其劃入「正」卷範疇的，

〔註23〕 【清】張惠言：《詞選》，《續修四庫全書》（上海：上海古籍出版社，
1995 年），冊 1732，頁 536。

〔註24〕 【清】周濟：《詞辨》，《續修四庫全書》（上海：上海古籍出版社，
1995 年），冊 1732，頁 576。

「蘊藉深厚」遂成為周濟辨別正變之標準。「蘊藉」者，委婉而不直露，含蓄深美，中有寄託；「深厚」者，不淺薄浮滑，有深意，格自高。這一標準，與張惠言論詞之源流正變所依據的「深美閎約」、「淵淵乎文有其質」之標準，可謂意相近，旨相仍。在內容上講寄託，注重格厚品高，「文有其質」；在表現方法上則講究含蓄，求有寄託。因而，周濟之選詞標準，基本上仍沿張惠言「正聲」之意，不離常州詞派之宗旨。〔註25〕

徐楓認為周濟所謂的「蘊藉深厚」，意近於張惠言的「深美閎約」、「淵淵乎文有其質」的標準，評論精確。

另外，從與《詞辨》同時刊行的《介存齋論詞雜著》中，亦可看出周濟的選詞標準：

皋文曰，飛卿之詞深美閎約，信然。飛卿醞釀最深，故其言不怒不懾，備剛柔之氣。鍼縷之密，南宋人始露痕迹，《花間》極有渾厚氣象，如飛卿則神理超越，不復可以迹象求矣。然細繹之正字字有脈絡。〔註26〕

又：

永叔詞只如無意，而沈著在和平中見。〔註27〕

又：

魯卿曰，少游正以平易近人，故用力者終不能到。〔註28〕

又：

良卿曰，少游詞如花含苞，故不甚見其力量，其實後來作手無不胚胎於此。〔註29〕

上述所言，皆近於一種含蓄委婉、若有似無的寄託之意，亦可為《詞辨》選詞標準的參考依據。

〔註25〕徐楓：《嘉道年間的常州詞派》（台北：雲龍出版社，2002年），頁336～337。

〔註26〕《續修四庫全書》（上海：上海古籍出版社，1995年），冊1732，頁577。

〔註27〕《續修四庫全書》（上海：上海古籍出版社，1995年），冊1732，頁577。

〔註28〕《續修四庫全書》（上海：上海古籍出版社，1995年），冊1732，頁577。

〔註29〕《續修四庫全書》（上海：上海古籍出版社，1995年），冊1732，頁577。

另外，潘曾瑋〈周氏詞辨序〉提到周濟《詞辨》「所選與張氏略有出入」，由於《詞辨》僅存兩卷，未能知道其他八卷的具體內容，但從「正」、「變」兩卷所選的三十三家詞人，和《詞選》作比較，有二十一家相同，若以時代概略劃分，則唐、五代有溫庭筠、李煜、韋莊、歐陽炯、鹿虔扆、馮延巳，宋代有晏殊、范仲淹、晏幾道、歐陽修、蘇軾、秦觀、周邦彥、陳克、李玉、辛棄疾、姜夔、史達祖、王沂孫、張炎、李清照，不同的十二家為孟昶、柳永、王安國、康與之、陸游、劉過、嚴仁、蔣捷、吳文英、周密、唐珏、張翥，然而如柳永、劉過、吳文英，如前一節探討《續詞選》時所提到，這些詞人不在張惠言「淵淵乎文有其質」的標準內，而是「各引一端以取重于當世」，因此張惠言並未選進《詞選》裡，但周濟對於詞人的評價不似張惠言偏向微言大義的闡釋精神，而是能從藝術審美的眼光去欣賞，如評柳永：

> 耆卿為世訾謷久矣，然其鋪敍委宛，言近意遠，森秀幽淡
> 之趣在骨。耆卿樂府多，故惡濫可笑者多，使能珍重下筆，
> 則北宋高手。〔註30〕

對於世人多所詆謷的柳永，能給予其較為客觀的評價。徐楓〈周濟對常州詞論的發展〉提到：

> 由於周濟論詞之正變能兼及對多種藝術風格的兼收並蓄，
> 因而他選詞的藝術視野比張惠言更為開闊。在內容上，其
> 正聲標準不像張惠言那麼嚴，選詞標準則更為廣泛。〔註31〕

除了重視詞的寄寓內容，周濟同時也注重詞的藝術價值，因此周濟《詞辨》的收錄範圍較張惠言《詞選》來得寬廣。

另外，若從《詞辨》的選詞數量為角度探討，數量由高到低依序為溫庭筠十首、辛棄疾十首、李煜九首、周邦彥九首、王沂孫六首、馮延巳五首、吳文英五首、韋莊四首、陳克四首、張炎三首、姜夔三首、歐陽修二首、秦觀二首、周密二首、范仲淹二首，其餘

〔註30〕《續修四庫全書》（上海：上海古籍出版社，1995年），冊1732，頁577。
〔註31〕徐楓：《嘉道年間的常州詞派》（台北：雲龍出版社，2002年），頁342。

諸家各一首。溫庭筠、韋莊、李煜、馮延巳四家的收錄可視為周濟依循張惠言選詞意識的部份，張惠言崇尚溫庭筠，對於五代詞也有一定的重視，此四家在《詞選》裡分別有十八首、四首、七首、五首入選，數量偏高。

　　值得注意的是，辛棄疾、周邦彥、王沂孫、吳文英四家，在象徵著周濟詞學觀成熟的著作《宋四家詞選》，此四家被周濟列為詞人的學詞途徑——「問塗碧山，歷夢窗、稼軒以還清真之渾化」，〈宋四家詞選目錄序論〉成於道光十二年（1832 年），〈詞辨序〉成於嘉慶十七年（1812 年），《宋四家詞選》標舉四家的意識從《詞辨》中已見脈絡。從《介存齋論詞雜著》中，可看到周濟對於四家的評論，如評辛棄疾：

> 稼軒不平之鳴，隨處輒發，有英雄語，無學問語，故往往鋒穎太露，然其才情富豔，思力果銳，南北兩朝實無其匹，無怪流傳之廣且久也。世以蘇、辛並稱，蘇之自在處，辛偶能到之，辛之當行處，蘇必不能到，二公之詞不可同日語也，後人以麄豪學稼軒，非徒無其才，并無其情，稼軒固是才大，然情至處，後人萬不能及。〔註32〕

又：

> 北宋詞多就景敘情，故珠圓玉潤，四照玲瓏，至稼軒、白石，一變而為即事敘景，使深者反淺，曲者反直，吾十年來服膺白石而以稼軒為外道，由今思之，可謂瞽人捫籥也。稼軒鬱勃故情深，白石放曠故情淺，稼軒縱橫故才大，白石局促故才小，惟〈暗香〉、〈疏影〉二詞寄意題外，包蘊無窮，可與稼軒伯仲，餘俱據事直書不過手意近辣耳。〔註33〕

辛棄疾在周濟《詞辨》中屬於「變」卷，從〈詞辨序〉中，可找到有關「變」的具體標準：「南唐後主以下，雖駿快馳騖，豪宕感激，稍

〔註32〕《續修四庫全書》（上海：上海古籍出版社，1995 年），冊 1732，頁578。

〔註33〕《續修四庫全書》（上海：上海古籍出版社，1995 年），冊 1732，頁578。

稍漓矣，然猶皆委曲以致其情，未有亢厲剽悍之習，抑亦正聲之次也〔註34〕」，周濟評辛棄疾「不平之鳴，隨處輒發，有英雄語，無學問語，故往往鋒穎太露」，同〈詞辨序〉所謂的「駿快馳騖，豪宕感激，稍稍漓矣」，然而周濟欣賞辛棄疾「才情富豔，思力果銳」、「情至處，後人萬不能及」、「鬱勃故情深」，合於〈詞辨序〉所謂的「委曲以致其情，未有亢厲剽悍之習」，雖然在周濟《詞辨》的標準裡，這樣是屬於「正聲之次」的「變」，但無礙乎其對辛棄疾的高度評價。關於周濟「變」卷的選詞標準，可參照下一頁的圖表。

變(正聲之次)

（要求）	（缺失）
委曲以致其情，未有亢厲剽悍之習	駿快馳騖，豪宕感激，稍稍漓矣
例：周濟評辛棄疾「才情富豔，思力果銳」、「情至處，後人萬不能及」、「鬱勃故情深」	例：周濟評辛棄疾「不平之鳴，隨處輒發，有英雄語，無學問語，故往往鋒穎太露」

　　周濟對於辛棄疾並非一開始就給予高度評價，《介存齋論詞雜著》提到：「吾十年來服膺白石而以稼軒為外道，由今思之，可謂瞽人捫籥也」，若以《介存齋論詞雜著》的刊行時間，嘉慶十七年（1812年）為基準，十年前約是嘉慶七年（1802年），在此之前，周濟仍受浙派影響，直到嘉慶九年（1804年）遇到董士錫後，詞學觀才漸漸轉變，在和董士錫的切磋過程中，周濟對姜夔評價為「白石疏放，醞釀不深〔註35〕」，可見此時已不同於早年「服膺白石」；至於對辛棄疾的評價是否因董士錫而有所轉變，從「外道」轉為「鬱勃故情深」等正面評

〔註34〕【清】周濟：《詞辨》，《續修四庫全書》（上海：上海古籍出版社，1995年），冊1732，頁576。

〔註35〕【清】周濟：《詞辨》，《續修四庫全書》（上海：上海古籍出版社，1995年），冊1732，頁576。

語？在〈詞辨序〉裡有關和董士錫切磋的敘述中，沒有直接提及，但在前一章所探討的董士錫詞論中，董士錫標舉六家，並有「三長五病」之說，辛棄疾為六家之一，表現風格為「清雄」，學者若是學其長而遺其「清」，則會有「縱」的缺失，所謂的「縱」，或許和周濟所謂的「不平之鳴，隨處輒發，有英雄語，無學問語，故往往鋒穎太露」相近。然而若以董士錫的詞論為依據，推斷其影響周濟對辛棄疾的看法，仍是有所欠缺〔註36〕，僅能作為一個參考。

　　另外值得一提的是，蘇軾、辛棄疾一般而言皆被後人相提並論，但從前引周濟的評論「世以蘇、辛並稱，蘇之自在處，辛偶能到之，辛之當行處，蘇必不能到，二公之詞不可同日語也」，可看出周濟對辛棄疾的評價高過於蘇軾，關於這樣的現象，徐楓〈周濟對常州詞論的發展〉提到

> 蘇、辛二人之詞，在詞風的豪放上雖頗具相同之處，亦皆為豪放詞家的代表，但蘇軾畢竟未經歷過國破山河碎的大悲愴，「謗訕朝廷」、罪謫黃州等人生的大起大落，雖使蘇詞也頗具身世之感，但卻少了辛詞那一種感慨更為深廣的家國之痛。而飽受時代滄桑之巨變的辛棄疾，「見事多，識理透」，其性情、學問、境地與蘇軾自然不同了，故能於豪放之外，更深入地探到了歷史賦予的沈郁悲涼感。〔註37〕

探討周濟所處的時代背景、生平經歷，不難推斷其欣賞辛棄疾的原因，周濟論詞所謂的「感慨所寄，不過盛衰」、「詩有史，詞亦有史」等說法，和辛棄疾因社會動盪而表現於詞中的悲涼之感頗有所合，雖然蘇詞有其過人之處，但以周濟的立場來說，辛詞無疑地較合於周濟

〔註36〕董士錫在〈餐華吟館詞敘〉中對詞人的評價不若周濟來得詳細，如評辛棄疾：「蘇、辛之長清以雄」、「蘇、辛不自調律，但以文辭相高，以成一格」、「學辛病縱」，較難看出兩者之間的關聯，且〈餐華吟館詞敘〉成於董士錫晚年，距嘉慶十七年已有一段時間，時間上未能直接扣合。

〔註37〕徐楓：《嘉道年間的常州詞派》（台北：雲龍出版社，2002 年），頁355～356。

的審美標準。

再來說到周邦彥，周濟明確地在〈詞辨序〉中提到自己喜好周邦彥是受到董士錫影響：

> 余不喜清真，而晉卿推其沈著拗怒，比之少陵，牴牾者一年，晉卿益厭玉田，而余遂篤好清真。〔註38〕

自從受到董士錫影響後，從《詞辨》的選錄九首、《介存齋論詞雜著》裡的高度評價，到《宋四家詞選》的獨尊，周濟對周邦彥的欣賞態度始終如一，差別只在前期的《詞辨》、《介存齋論詞雜著》尚未將其上昇至如《宋四家詞選》裡的領袖地位。下引《介存齋論詞雜著》中周濟對周邦彥的評語，以茲參考：

> 美成思力，獨絕千古，如顏平原書，雖未臻兩晉，而唐初之法，至此大備，後有作者，莫能出其範圍矣。讀得清真詞，多覺他人所作都不十分經意。鉤勒之妙，無如清真，他人一鉤勒便薄，清真愈鉤勒愈渾厚。〔註39〕

周濟以繪畫術語「鉤勒」形容清真詞之妙，對其推崇備至。

接著探討王沂孫、吳文英，兩人在《詞辨》中分別被選了六首、五首。事實上，王沂孫在浙西詞派中已受推崇，如《詞綜》收錄了大量的王沂孫詞作，以及《樂府補題》的刊刻造成詠物、唱和之風大盛，皆使得王沂孫詞日益受到重視。而王沂孫詞在張惠言《詞選》中收錄了四首，在晚於周濟《詞辨》的董毅《續詞選》，也有四首的收入，顯示周濟重視王沂孫詞在常州詞人裡並非孤峰特出的現象。周濟在《介存齋論詞雜著》對王沂孫的評價為：

> 中仙最多故國之感，故著力不多，天分高絕，所謂意能尊體也。〔註40〕

〔註38〕 【清】周濟：《詞辨》，《續修四庫全書》（上海：上海古籍出版社，1995年），冊1732，頁576。

〔註39〕 《續修四庫全書》（上海：上海古籍出版社，1995年），冊1732，頁577～578。

〔註40〕 《續修四庫全書》（上海：上海古籍出版社，1995年），冊1732，頁578。

「多故國之感」合於「感慨所寄，不過盛衰」的標準，至《宋四家詞選》，周濟將王沂孫列爲學詞的入門途徑，評價亦高。至於周濟對吳文英的側重，則是發前人所未見，如張惠言的《詞選》，並未收入吳文英的詞作，而董士錫標舉六家也未提到吳文英，但到了周濟《介存齋論詞雜著》和〈宋四家詞選目錄序論〉則是給予夢窗頗高的評語，此爲值得探討的現象。

　　探討完辛棄疾、周邦彥、王沂孫、吳文英，接著值得注意的是姜夔、張炎和秦觀，此三家皆列爲董士錫所標舉的六家之中，前引〈詞辨序〉中提到：

> 予遂受法晉卿，已而造詣日以異，論説亦互相短長，晉卿初好玉田，余曰：玉田意盡於言，不足好，余不喜清眞，而晉卿推其沈著拗怒，比之少陵，牴牾者一年，晉卿益厭玉田，而余遂篤好清眞：既予以少游多庸格，爲淺鈍者所易託，白石疏放，醞釀不深，而晉卿深詆竹山麤鄙，牴牾又一年，予始薄竹山，然終不能好少游也。〔註41〕

從上引的敘述，可看出周濟在與董士錫的這段切磋過程中（嘉慶九年至嘉慶十一年），對於姜夔（白石疏放，醞釀不深）、張炎（玉田意盡於言，不足好）、秦觀（少游多庸格，爲淺鈍者所易託）的評價不高，但在嘉慶十七年刊行的《詞辨》中，上述三家都不只選錄一首，且在〈詞辨序〉中，秦觀和張炎是屬於「蘊藉深厚」的正聲，之所以有這樣的現象，筆者以爲，因爲《詞辨》編纂之時，周濟的詞學思想仍處於過渡時期，受張惠言、董士錫影響甚深，直到道光十二年（1832年）的《宋四家詞選》才形成自己獨具的詞學觀，而姜夔、張炎兩家，董士錫是推崇的〔註42〕，或可推斷董士錫對於兩家的喜好影響了周濟，且姜、張詞在當時應該還是頗爲盛行，因此儘管周濟對姜、張有

〔註41〕【清】周濟：《詞辨》，《續修四庫全書》（上海：上海古籍出版社，1995 年），冊 1732，頁 576。

〔註42〕董士錫晚年的〈餐華吟館詞敍〉，將姜夔、張炎列入其所推崇的六家詞人之列，且認爲兩家的風格爲「清逸」。

負面評論，選詞上仍無可避免地選入兩家的作品。另外，除了《詞辨》
對於姜夔、張炎分別各選三首這點值得注意，與《詞辨》同時刊刻的
《介存齋論詞雜著》，對於姜、張的評論有正有反，可供參考：

> 北宋詞多就景敘情，故珠圓玉潤，四照玲瓏，至稼軒、白
> 石，一變而爲即事敘景，使深者反淺，曲者反直，吾十年
> 來服膺白石而以稼軒爲外道，由今思之，可謂替人捫籥也。
> 稼軒鬱勃故情深，白石放曠故情淺，稼軒縱橫故才大，白
> 石局促故才小，惟〈暗香〉、〈疏影〉二詞寄意題外，包蘊
> 無窮，可與稼軒伯仲，餘俱據事直書不過手意近辣耳。白
> 石詞如明七子詩，看是高格響調，不耐人細思。白石以詩
> 法入詞，門徑淺狹如孫過庭書，但便後人模仿。白石好爲
> 小序，序即是詞，詞仍是序，反覆再觀，如同嚼蠟矣，詞
> 序序作詞緣起，以此意詞中未備也，今人論院本尚知曲白
> 相生，不許複沓，而獨津津於白石詞序一何可笑。〔註43〕

又：

> 玉田近人所最尊奉，才情詣力，亦不後諸人，終覺積穀作
> 米，把纜放船，無開闊手段，然其清絕處自不易到。玉田
> 詞佳者匹敵聖與，往往有似是而非處，不可不知。叔夏所
> 以不及前人處只在字句上著功夫，不肯換意，若其用意佳
> 者，即字字珠輝玉映，不可指摘，近人喜學玉田，亦爲修
> 飾字句易，換意難。〔註44〕

從評姜夔「放曠故情淺」、「局促故才小」、「以詩法入詞，門徑淺狹」，
和評張炎「無開闊手段」、「只在字句上著功夫，不肯換意」，可知周
濟認爲兩家的境界較爲狹隘，董士錫〈餐華吟館詞敘〉提到「學姜張
病膚」，實與周濟見解相似。

最後探討周濟對秦觀的評價。筆者以爲，秦觀在常州詞人的認知
裡是個微妙的存在，被張琦認爲是「多有病其太嚴者」的《詞選》選

〔註43〕《續修四庫全書》（上海：上海古籍出版社，1995年），冊1732，頁578。
〔註44〕《續修四庫全書》（上海：上海古籍出版社，1995年），冊1732，頁
578～579。

了秦觀詞十首，僅次於溫庭筠，而董毅《續詞選》選了秦觀詞八首，僅次於張炎，在兩部常州詞人的詞選中皆選了次多的數量，值得注意，然而，以微言大義解詞的張惠言，對《詞選》中所選錄的十首秦觀詞皆沒有附帶評論〔註45〕，未能看出其如何解讀秦觀詞，以一個選詞次多的詞人來說，略爲可怪，我們僅能從〈詞選序〉中知道張惠言認爲秦觀與一些宋代詞人同合於「淵淵乎文有其質」的標準，張惠言對秦觀具體的看法則不可得知，董毅的《續詞選》也是如此。

　　而董士錫對秦觀的評價也是正面的，董士錫於〈餐華吟館詞敘〉中提到「秦之長，清以和，周之長，清以折，而同趨於麗」，認爲秦觀詞有「清和」、「清麗」的風格；而在周濟〈詞辨序〉中，可看出秦觀詞也在董士錫和周濟的討論之列：

　　　　既予以少游多庸格，爲淺鈍者所易託，白石疏放，醖釀不
　　　　深，而晉卿深詆竹山麤鄙，牴牾又一年，予始薄竹山，然
　　　　終不能好少游也。〔註46〕

〈詞辨序〉作於嘉慶十七年（1812 年），而裡面這段敘述是周濟在憶及嘉慶九年（1804 年）至嘉慶十一年（1806 年）與董士錫的過往，周濟認爲秦觀「多庸格，爲淺鈍者所易託」，經過和董士錫的切磋後，仍就是「不能好少游也」，顯示出儘管董士錫在當時（嘉慶九午至嘉慶十一年）應該是對秦觀有正面評論，但周濟仍然無法眞正認同秦觀，從與《詞辨》同時的《介存齋論詞雜著》，亦可看出周濟的微妙心態：

　　　　晉卿曰，少游正以平易近人，故用力者終不能到。〔註47〕

又：

〔註45〕張惠言在《詞選》中於所選詞作多有評論，如評溫庭筠〈菩薩蠻〉：
　　　　「此感士不遇也」，評馮延巳三首〈蝶戀花〉：「三詞忠愛纏綿，宛然
　　　　騷辨之義」，評范仲淹〈蘇幕遮〉：「此去國之情」。
〔註46〕【清】周濟：《詞辨》，《續修四庫全書》（上海：上海古籍出版社，
　　　　1995 年），冊 1732，頁 576。
〔註47〕《續修四庫全書》（上海：上海古籍出版社，1995 年），冊 1732，頁
　　　　577。

　　良卿曰，少游詞如花含苞，故不甚見其力量，其實後來作

　　手無不胚胎於此。〔註48〕

儘管兩則評論皆是對秦觀的肯定，但都是引述他人的話，顯示在嘉慶
十七年時，旁人對秦觀的評語仍影響著周濟，但由於其不能真正認同
秦觀，「終不能好少游也」，因此引述了他人的評語卻不發己見。而至
〈宋四家詞選目錄序論〉時，周濟則是將秦觀歸類於周邦彥之下，給
予正面評論：

　　少游最和婉醇正，稍遜清真者辣耳。少游意在含蓄，如花

　　初胎，故少重筆，然清真沈痛至極仍能含蓄。〔註49〕

和周邦彥「沈痛至極仍能含蓄」相比，秦觀「意在含蓄」而「少重筆」
是周濟認為遜於清真之處，或許和董士錫認為「學秦病平」的「平」
意旨相近。和早年「終不能好少游」相比，秦觀最終在周濟的《宋四
家詞選》中佔一席之地，評價不低。

　　綜上所述，周濟《詞辨》為其詞學思想過渡時期的產物，尚未成
一家言，仍受到張惠言、董士錫影響。潘曾瑋〈周氏詞辨序〉認為周
濟《詞辨》「辨說多主張氏之言」、「所選與張氏略有出入」、「是固張
氏之意也」，指出周濟事實上仍依循著張惠言的論詞意識，比較〈詞
選序〉與〈詞辨序〉，可看出兩人論詞多有相合，而「正」、「變」的
區分，則是周濟將張惠言的思想具體化，為後學標示途徑。另外，《詞
辨》所選的詞人和《詞選》多有相同，然而周濟相較於張惠言有著較
為廣闊的審美觀，能從藝術角度去評賞詞，因此如柳永、吳文英等不
被《詞選》所收錄詞人皆收於《詞辨》。另外值得注意的是，從董士
錫晚年所作的〈餐華吟館詞敘〉，可知董士錫論詞標舉秦觀、周邦彥、
蘇軾、辛棄疾、姜夔、張炎六家，而從周濟〈詞辨序〉、《介存齋論詞
雜著》，可看出董士錫對其的影響，具體而言，周濟對周邦彥的喜好

〔註48〕　《續修四庫全書》（上海：上海古籍出版社，1995 年），冊 1732，頁
　　　　　577。

〔註49〕　《續修四庫全書》（上海：上海古籍出版社，1995 年），冊 1732，頁
　　　　　592。

是受到董士錫影響，而這樣的影響也持續到《宋四家詞選》，使得清
真詞上昇至領袖的地位；此外，周濟對於秦觀的評價也受董士錫的影
響，但被影響的程度遜於周邦彥，至於周濟對蘇軾、辛棄疾、姜夔、
張炎的看法，受董氏的影響則較不明顯。

　　《詞辨》事實上為《宋四家詞選》的先導，兩部詞選的論詞意識
多有相同，且《宋四家詞選》所推尊的四家——周邦彥、辛棄疾、吳
文英、王沂孫，在《詞辨》中皆選錄多首，與《詞辨》同時的《介存
齋論詞雜著》對此四家也有著高度評價。周濟的詞學觀歷經張惠言、
董士錫的影響，成熟於道光十二年的《宋四家詞選》，此亦象徵著常
州詞派詞學理論的里程碑。

第五章　結　論

　　本文首先探討前人較少研究的董士錫生平、家世源流、家庭交遊。董士錫自小受到祖母的教育，約於嘉慶元年至嘉慶三年之間，至安徽歙縣向張惠言問學，嘉慶九年結識周濟，和周濟切磋詞學，之後漂泊各地、行蹤不定，嘉慶十八年，董士錫中副榜貢生，嘉慶二十二年至嘉慶二十三年，代李兆洛修《懷遠縣志》，道光元年，應南河總督黎世墭之邀，修《續行水金鑑》，董士錫生於乾隆四十七年（1782年），卒於道光十一年（1831 年），年五十。另外，筆者根據中研院傅斯年圖書館所藏的《宜興肯井、武進前街董氏合修家乘》微縮膠卷，以及董士錫的〈家譜敘〉，釐清董士錫的家世：董士錫家族原本爲趙氏，因武進前街的董氏無後，而過繼一子給董氏，形成「董趙氏」一脈，武進前街董氏文風鼎盛，在文學、世宦上表現突出，且詞人輩出，如董以寧《蓉渡詞》、董十錫《齊物論齋詞》、董潮《漱花詞》、董基誠《玉椒詞》、董祐誠《蘭石詞》、董毅《蛻學齋詞》等。董士錫的祖母錢純出身於常州武進錢氏，爲當地望族，其祖明朝錢一本爲「東林八君子」之一，錢純的族人錢維城、錢維喬皆名重一時，董士錫受祖母影響頗深；董士錫的父親董達章仕途不順，四處遊歷，遍走燕、齊、晉、豫、楚、粵，落拓無遇，著作皆已佚；董士錫與同門友人江承之感情深厚，對於江承之的早逝甚感惋惜。

　　第三章探討張惠言、董士錫、周濟的詞論，從中可發現雖然張惠言與董士錫有師承關係，但兩者在詞學上的關聯性不強，董士錫自嘉慶元年（1796 年）至嘉慶三年（1798 年）向張惠言問學，張惠言不久即逝世於嘉慶七年（1802 年），往後董士錫客遊四方、終生未仕，這樣的生平背景使其詞學思想異於張惠言，其論詞重視個人「情」之抒發，和張惠言上溯風騷、以微言大義解詞不同，而在董士錫的文章敘述裡，提及自己的易學承自張惠言，詞學卻未提到。雖然前人研究多以董士錫詞學承自張惠言，但筆者以為，董士錫的詞學思想因其人生閱歷，較多的是個人自得，若說其詞學成就「承上」於張惠言，較不恰當。另一方面，董士錫與周濟往來，影響周濟甚深，周濟「委曲以致其情，未有亢厲劋悍之習」的論述近於董士錫「不得已而取其生平悲喜怨慕之情發而為文」，兩人皆認為此為「非正也」、「正聲之次」，而藉詞抒情以達到「治心澤身」、「平矜釋躁，懲忿窒欲，敦薄寬鄙」的效果，兩人見解亦近；在詞家的取捨上，董士錫影響周濟對周邦彥、秦觀、蔣捷等人的喜好，尤其是周邦彥，周濟由「不喜」到「篤好」，這樣的影響持續至周濟晚年的《宋四家詞選》，使得清眞詞備受推尊，董士錫在詞學方面下啓周濟，實為確評。

　　第四章探討董士錫的詞學思想在董毅《續詞選》和周濟《詞辨》的衍申發揮。《續詞選》選詞最多的四家——張炎、秦觀、周邦彥、姜夔，和董士錫推崇的詞人相同，另外，《續詞選》選詞較《詞選》偏重於宋詞，而對於《詞選》僅選一首的張炎詞，《續詞選》選了二十三首，此現象為董毅「矯張氏之枉」，但收錄的數量偏高，不免如夏承燾所言，「卻又墮入朱氏的舊窠臼裏去了」。周濟《詞辨》依循著張惠言的選詞意識，在論詞與選錄上多有相合，區分「正」、「變」為周濟將張惠言的詞學思想具體化的成果，另外，從《詞辨》、《介存齋論詞雜著》中，皆可看出董士錫對周濟的影響，《詞辨》一方面反映張惠言、董士錫的論詞意識，同時也是周濟晚年的著作《宋四家詞選》的先導。

　　綜上所述，儘管董士錫和張惠言關係密切，但在詞學道路上可謂另闢蹊徑，將張惠言所謂的「賢人君子幽約怨悱不能自言之情」轉為個人的「生平悲喜怨慕之情」，藉詞達到「治心澤身」的效果，異於張惠言上溯風騷的精神；而周濟於嘉慶九年（1804 年）至嘉慶十一年（1806 年）和董士錫互動頻繁，不論在詞學的論述上或是詞家的取捨上皆受董士錫影響，而後至道光十二年（1832 年）的《宋四家詞選》，象徵其詞學觀的成熟，也標示著常州詞派的新進展；另外，董士錫之子董毅《續詞選》也為值得注意的一環，或許可視為董士錫詞學思想的延伸。董士錫雖然在詞學理論上和張惠言相異，但由於董士錫的啟迪，使得未和張惠言親自來往的周濟能從董士錫身上接收到張惠言的論詞意識，進而將張氏的思想發揚，此為董士錫的居中傳承之功；但董士錫並非只是將張氏的思想傳承給周濟，其本身也有自己獨具的論詞意識，如藉詞抒發「生平悲喜怨慕之情」而達到「治心澤身」的效果，以及標舉秦觀、周邦彥、蘇軾、辛棄疾、姜夔、張炎六家，異於張惠言所推崇的溫庭筠，因此，除了前人研究評述董士錫在常州詞派中的地位為介於張惠言、周濟之間「居中傳承」、「承上啟下」等，董士錫實有自己開創的部分，不僅只是一個過渡橋樑，也因為其獨具的論詞意識，使得周濟除了從董士錫身上接受到張氏的思想之外，還受到董士錫論詞的啟發，使得常州詞派的理論有不一樣的演變和發展，筆者以為，董士錫於常州詞派中實有著重要的地位。

參考文獻

一、古籍（以作者姓氏筆畫排序）

（一）董士錫相關著述

1. 【清】董士錫：《齊物論齋文集》六卷，《續修四庫全書》，據上海圖書館藏清道光二十年（1840 年）江陰暨陽書院刻本影印，上海：上海古籍出版社，1995 年，冊 1507。

2. 【清】董士錫：《齊物論齋文集》五卷，民國癸丑（二）年（1913 年）南昌刊本。

3. 【清】董士錫：《齊物論齋文集》五卷，《叢書集成續編》，據問影樓叢刊初編本影印，上海：上海書店，1994 年。

4. 【清】董士錫：《齊物論齋文集》六卷，存一卷，國家圖書館藏鈔稿本乾嘉名人別集叢刊第 36 冊，清鈔本，北京：國家圖書館出版社，2010 年。

5. 【清】董士錫：《齊物論齋詞》，《續修四庫全書》，據上海師範大學圖書館藏清道光刻受經堂匯稿本影印，上海：上海古籍出版社，1995 年，冊 1726。

（二）詞選

1. 【清】王士禎：《倚聲初集》，《續修四庫全書》，上海：上海古籍出版社，1995 年，冊 1729。

2. 【清】周濟：《詞辨》，《續修四庫全書》，上海：上海古籍出版社，

1995 年，冊 1732。

3. 【清】張惠言：《詞選》，《續修四庫全書》，上海：上海古籍出版社，1995 年，冊 1732。

4. 【清】董毅：《續詞選》，《續修四庫全書》，上海：上海古籍出版社，1995 年，冊 1732。

5. 【清】周濟：《宋四家詞選》，《續修四庫全書》，上海：上海古籍出版社，1995 年，冊 1732。

（三）詞論

1. 【宋】沈義父：《樂府指迷》，《景印文淵閣四庫全書》，台北：台灣商務印書館，1986 年。

2. 【清】沈曾植：《菌閣瑣談》，收於唐圭璋：《詞話叢編》，台北：新文豐出版社，1988 年，冊 4。

3. 【清】周濟：《介存齋論詞雜著》，《續修四庫全書》，上海：上海古籍出版社，1995 年，冊 1732。

4. 【清】況周頤：《蕙風詞話》，《續修四庫全書》，上海：上海古籍出版社，1995 年，冊 1735。

5. 【清】徐珂：《近詞叢話》，收於唐圭璋：《詞話叢編》，台北：新文豐出版社，1988 年，冊 5。

6. 【清】陳廷焯：《白雨齋詞話》，北京：人民文學出版社，1959 年。

7. 【宋】張炎著，夏承燾校注：《詞源注》，台北：木鐸出版社，1987 年。

8. 【清】焦循：《雕菰樓詞話》，收於唐圭璋：《詞話叢編》，台北：新文豐出版社，1988 年，冊 2。

9. 【清】馮煦：《蒿庵論詞》，收於唐圭璋：《詞話叢編》，台北：新文豐出版社，1988 年，冊 4。

10. 【清】蔣敦復：《芬陀利室詞話》，收於唐圭璋：《詞話叢編》，台北：新文豐出版社，1988 年，冊 4。

11. 【清】劉熙載：《藝概》，台北：華正書局，1985 年。

12. 【清】謝章鋌：《賭棋山莊詞話》，《續修四庫全書》，上海：上海古籍出版社，1995 年，冊 1735。

13. 【清】譚獻：《復堂詞話》，收於唐圭璋：《詞話叢編》，台北：新文豐出版社，1988 年，冊 4。

（四）詞集

1. 【清】周濟：《存審軒詞》，《續修四庫全書》，上海：上海古籍出版社，1995 年，冊 1726。

2. 【清】納蘭性德撰，趙秀亭等箋校：《飲水詞箋校》，北京：中華書局，2005 年。

3. 【清】陳維崧：《湖海樓詞集》，台北：中華書局，1966 年。

4. 【清】張惠言：《茗柯詞》，《續修四庫全書》，上海：上海古籍出版社，1995 年，冊 1725。

5. 【清】董康：《廣川詞錄》，民國辛巳年董氏刊本，第 7 冊。

6. 【清】蔣敦復：《芬陀利室詞集》，《續修四庫全書》，上海：上海古籍出版社，1995 年，冊 1726。

7. 【清】顧貞觀：《彈指詞》，《續修四庫全書》，上海：上海古籍出版社，1995 年，冊 1725。

（五）別集、總集

1. 【清】包世臣：《包世臣全集》，安徽：黃山書社，1994 年。

2. 【宋】朱熹：《楚辭集注》，上海：上海古籍出版社，1987 年。

3. 【清】朱彝尊：《曝書亭集》，台北：世界書局，1964 年。

4. 【清】李兆洛：《養一齋文集》，《續修四庫全書》，上海：上海古籍出版社，1995 年，冊 1495。

5. 【清】金式玉：《竹鄰遺稿》，《叢書集成續編》，台北：新文豐出版社，1989 年，冊 209。

6. 【清】張惠言：《茗柯文編》，《續修四庫全書》，上海：上海古籍出版社，1995 年，冊 1488。

7. 【清】張惠言著，黃立新梳點：《茗柯文編》，上海：上海古籍出版社，2015 年。

8. 【清】張惠言：《七十家賦鈔》，《續修四庫全書》，上海：上海古籍出版社，1995 年，冊 1611。

9. 【清】張琦：《宛鄰集》，《續修四庫全書》，上海：上海古籍出版社，1995 年，冊 1486。

10. 【清】陸繼輅：《崇百藥齋續集》，《續修四庫全書》，上海：上海古籍出版社，1995 年，冊 1496。

11. 【清】陸繼輅：《崇百藥齋續集》，《續修四庫全書》，上海：上海古籍出版社，1995 年，冊 1497。

12. 【清】焦循：《雕菰集》，《續修四庫全書》，上海：上海古籍出版社，1995 年，冊 1489。

13. 【清】惲敬：《大雲山房文稿》，台北：台灣商務印書館，1975 年。

14. 【清】蔣敦復：《嘯古堂詩集》，《續修四庫全書》，上海：上海古籍出版社，1995 年，冊 1535。

15. 【清】厲鶚：《樊榭山房集》，上海：上海古籍出版社，1992 年，中冊。

16. 【清】魏源：《魏源集》，北京：中華書局，1983 年，上冊。

17. 【清】錢儀吉等纂輯：《清朝碑傳全集》，台北：大化出版社，1984 年。

（六）其他

1. 【漢】司馬遷：《史記》，北京：中華書局，1959 年，冊六。

2. 【宋】司馬光：《資治通鑑》，上海：三聯書店，2014 年。

3. 【宋】朱熹注：《詩經》，上海：上海古籍出版社，1991 年。

4. 【宋】周敦頤：《周子通書》，台北：中華書局，1966 年。

5. 【清】周濟：《晉略》，台北：中華書局，1966 年。

6. 【清】周濟：《味雋齋史義》，《續修四庫全書》，上海：上海古籍出版社，1995 年，冊 451。

7. 【清】周濟：《折肱錄》，台北：藝文印書館，1975 年。

8. 【清】徐珂：《清稗類鈔》，北京：中華書局，1986 年，冊六。

9. 【清】張廷玉等撰：《明史》，台北：台灣商務印書館，2010，冊五。

10. 【清】張廷玉等撰：《明史》，台北：台灣商務印書館，2010 年，冊六。

11. 【清】張惠言著，劉大鈞校點：《周易虞氏義》，北京：北京大學出版社，2012 年。

12. 【漢】賈宜撰；閻振益，鍾夏校注：《新書校注》，北京：中華書局，2010 年。

13. 【清】董似穀修：《江蘇光緒武進陽湖縣志》，台北：學生書局，1968 年，冊六。

14. 【清】董康監修，董秉清總纂：《宜興胥井、武進前街董氏合修家乘》，臺灣中研院史語所傅斯年圖書館微縮膠卷。

15. 【清】黎世埏：《續行水金鑑》，台北：台灣商務，1968 年。

16. 【清】衛哲治等修：《淮安府志》，《續修四庫全書》，上海：上海古籍出版社，1995 年，冊 699。

17. 【清】戴震：《孟子字義疏證》，《續修四庫全書》，上海：上海古籍出版社，1995 年，冊 158。

二、近人研究書目（以作者姓氏筆畫排序）

1. 王鍾翰點校：《清史列傳》，北京：中華書局，1987 年，冊九。

2. 王鍾翰點校：《清史列傳》，北京：中華書局，1987 年，冊十八。

3. 王氣中：《劉熙載和藝概》，上海：上海古籍出版社，1978 年。

4. 史次耘註譯：《孟子今註今譯》，台北：台灣商務印書館股份有限公司，1995 年。

5. 朱惠國：《中國近世詞學思想研究》，上海：上海古籍出版社，2005 年。

6. 朱德慈：《常州詞派通論》，北京：中華書局，2006 年。

7. 【美】艾爾曼：《經學、政治和宗族——中華帝國晚期常州今文學派研究》，江蘇：江蘇人民出版社，2005 年。

8. 李金銓：《大眾傳播理論》，台北：三民書局，1983 年。

9. 吳宏一：《清代詞學四論》，台北：聯經出版社，1990。

10. 林慶彰總主編：《晚清常州地區的經學》，台北：台灣學生書局，2009 年。

11. 俞崑：《中國繪畫史》，台北：華正書局，1984 年。

12. 侯雅文：《中國文學流派學初論——以常州詞派為例》，台北：大安出版社，2009 年。

13. 孫克強：《清代詞學》，北京：中國社會科學出版社，2004 年。

14. 孫克強：《清代詞學批評史論》，上海：上海古籍出版社，2008 年。

15. 徐楓：《嘉道年間的常州詞派》，台北：雲龍出版社，2002 年。

16. 徐秀菁：《清代常州派四部詞選評點唐宋詞研究》，新北市：花木蘭文化出版社，2015 年。

17. 夏承燾：《夏承燾集》，杭州：浙江古籍出版社，1997 年，冊二。

18. 陳慷玲：《清代世變與常州詞派之發展》，台北：國家出版社，2012
   年。

19. 陳傳席，顧平，杭春曉：《中國畫山文化》，天津：天津人文美術
   出版社，2005 年。

20. 張維驤篡：《清代毗陵名人小傳稿》，台北：文海出版社，1974 年，
   卷四。

21. 張維驤篡：《清代毗陵名人小傳稿》，台北：文海出版社，1974 年，
   卷五。

22. 張維驤篡：《清代毗陵名人小傳稿》，台北：文海出版社，1974 年，
   卷六。

23. 張立齋編著：《文心雕龍註訂》，台北：正中書局，1981 年。

24. 張永祥譯注：《國語譯注》，上海：上海三聯書店，2014 年。

25. 郭明道：《阮元評傳》，北京：社會科學文獻出版社，2005 年。

26. 曹虹：《陽湖文派研究》，北京：中華書局，1996 年。

27. 黃志浩：《常州詞派研究》，北京：中國社會科學出版社，2008 年。

28. 黃開國：《清代今文經學的興起》，四川：巴蜀書社，2008 年。

29. 馮乾編校：《清詞序跋彙編》，南京：鳳凰出版社，2013 年，冊二。

30. 傅抱石：《中國繪畫理論》，台北：里仁書局，1985 年。

31. 葉嘉瑩：《中國詞學的現代觀》，台北：大安出版社，1999 年。

32. 葉嘉瑩：《清詞論叢》，北京：北京大學出版發行，2008 年。

33. 葉嘉瑩：《迦陵說詞講稿》，北京：北京大學出版社，2009 年。

34. 蔡長林：《從文士到經生──考據學風潮下的常州學派》，台北：
   中央研究院中國文哲研究所，2010 年。

35. 賴貴三：《晚清常州地區的經學》，台北：學生書局，2009 年。

36. 龍沐勛：《近三百年名家詞選》，上海：上海古籍出版社，1962 年。

37. 龍榆生：《龍榆生詞學論文集》，上海：上海古籍出版社，2009 年。

38. 龍沐勛：《唐宋詞格律》，台北：里仁書局，2013 年。

39. 【美】羅伯特·司格勒斯：《符號學與文學》，瀋陽：春風文藝出
   版社，1988 年。

40. 嚴迪昌：《清詞史》，南京：江蘇古籍出版社，2001 年。

41. 南京師範大學古文獻整理研究所編著：《江蘇藝文志》，南京：江
   蘇人民出版社，1994 年，常州卷。

42. 清史稿校註審查委員會：《清史稿校註》，台北：國史館，1990 年，
    冊十四。

43. 清史稿校註審查委員會：《清史稿校註》，台北：國史館，1990 年，
    冊十二。

三、期刊論文（以作者姓氏筆畫排序）

1. 卞孝萱：〈《宜興胥井、武進前街董氏合修家乘》的文獻價值〉，
   香港：《人文中國學報》，2010 年，第十六卷。

2. 尹丹，孫紀文：〈王沂孫詞在清代的評價異同之探析〉，《固原師
   專學報》，2006 年 3 月，第 27 卷第 2 期。

3. 余禮所：〈宋南渡詞人康與之與秦檜關係之考論〉，《河南廣播電
   視大學學報》，第二十一卷第二期，2008 年 4 月。

4. 周瀟：〈厲鶚詞論之創見與浙派詞學旨歸〉，《青島大學師範學院
   學報》，第 22 卷第 1 期，2005 年 3 月。

5. 徐立望：〈時移勢變：論包世臣與常州士人的交往及經世思想的
   嬗變〉，《安徽史學》，2005 年 05 期。

6. 孫維城：〈清代詞學對王沂孫詞高評的歷史與現實〉，《詞學》，第
   二十三輯。

7. 清風：〈傳薪積火，承先啓後──董士錫對常州詞派的傳承作
   用〉，《浙江大學學報》第 29 卷第 4 期，1999 年 8 月。

8. 曹虹：〈賦史奇才董士錫的文學成就〉，《南通大學學報》第 26 卷
   第 3 期，2010 年 5 月。

9. 陳慷玲：〈常州詞派建構之樞紐──論董士錫之詞學活動〉，《成
   大中文學報》第 31 期，2010 年 12 月。

10. 張宏生：〈創作的厚度與時代的選擇──王沂孫詞的後世接受與
    評價思路〉，《詞學》，2010 年 01 期。

11. 張兵，王小恒：〈厲鶚與浙西詞派詞學理論的建構〉，《西北師大
    學報》，第 44 卷第 5 期，2007 年 9 月。

12. 焦娜娜：〈包世臣與晚清今文經學經世思潮的傳承〉，《西昌學院
    學報》，2013 年 04 期。

13. 雷森明：〈析寫意人物畫中的「意在筆先」〉，《藝術探索》，2014
    年 6 月，第 28 卷第 3 期。

14. 謝忱：〈張惠言先生年譜〉，《常州工業技術學院學報》，1998 年
    01 期。

四、學位論文（以作者姓氏筆畫排序）

1. 王宏仁：《張惠言易學研究》，高雄：國立高雄師範大學國文學系博士論文，2001 年。

2. 李鐘振：《周濟詞論研究》，臺北：國立臺灣師範大學中國文學研究所博士論文，1983 年。

3. 林玫儀：《晚清詞論研究》，臺北：國立臺灣大學中國文學研究所博士論文，1978 年。